未来童书

原创动物励志书系

自狐 大雕和狼

王晓一 著

陕西新华出版传媒集团
未 来 出 版 社

图书在版编目（CIP）数据

白狐　大雕和狼 / 王晓一著. –西安：未来出版社，2019.1（2022.11 重印）

ISBN 978-7-5417-6704-3

Ⅰ. ①白… Ⅱ. ①王… Ⅲ. ①短篇小说–小说集–中国–当代 Ⅳ. ①I247.7

中国版本图书馆 CIP 数据核字（2018）第 301275 号

白狐　大雕和狼

BAIHU DADIAOHELANG

作　　者　王晓一
选题策划　陆三强　马　鑫
责任编辑　陆三强　马　鑫
封面设计　李亚兵
技术监制　宋宏伟
出版发行　陕西新华出版传媒集团　未来出版社
地址：西安市登高路 1388 号，邮编：710061
电话：029-89122930　89120506
经　　销　全国新华书店
印　　刷　天津画中画印刷有限公司
开　　本　880×1230 毫米　1/32
印　　张　8.25
字　　数　160 千字
版　　次　2019 年 2 月第 1 版
印　　次　2022 年 11 月第 2 次印刷
印　　数　10001–20000 册
书　　号　ISBN 978-7-5417-6704-3
定　　价　28.00 元

内容梗概

白狐 大雕和狼

天狐会变色。春、夏、秋三季，它变为青狐；而到了冬天，一经下雪，它又成了白狐。

初冬时节，在蒙西辽阔的、黄褐斑驳的草地上，大雕执著地追袭着青狐母子；要不是牧羊人乌日娜出手搭救，它俩定然罹难。

然而，大雕在进行了一场自断羽翼似的搏击后，竟然迫使青狐母子无处躲藏。青狐母子被大雪浸染着，倏然间，变成了白狐。

随后，大雕便将它俩抓到了浩雪飞卷的苍穹之中。雪空中，它们垂吊在大雕的铁爪下，与大雕惨烈地搏击……

天狐是长生天的精灵，大雕是长生天的骄子；它们在天宇中的角斗，令乌日娜一家人一直伫立于浩荡的风雪中，在惊心间长久地仰望……

深夜，在梦中还未平息下来的牧羊人，陡然遭到了狼群凶烈的突袭。他们仓猝抵御，和狼群鏖战！在铁血搏杀中，三条勇猛的牧羊犬为了护卫各自的羊妈妈，纷纷勇烈地倒在了猩红的血泊之中……

白狐趁着狼群围剿牧羊人家、原本并不参战的母狼前去营救哨狼的时机，撕裂了两只小狼，和小白狐吞噬了血淋淋的肉团儿……

守着两张瘪瘪的小毛皮的母狼，很快就枯萎了；苍凉的草地上，时常穿刺出一声声疯狼的哭笑声。

那音声，时而一丝丝、时而一缕缕、时而一片片，仿佛丧礼上半空中飘忽的白幡……

狼

母狼刚刚生下小狼儿不久，雄狼就遇难了。狼妈妈只得独自抚育小狼了。

为了运化出奶水，母狼四处捕食，她盯上了一只萌萌的小豺狗。可小豺狗与她的小狼儿非常相像，这令她百般纠结。但是，她不敢离洞太久，终于凶残地吞食了小豺狗。

深夜，悲愤的豺狗妈妈嗅着气味儿，一路寻仇，堵住了狼洞；母狼奋身而起，要与母豺狗决斗。

突然，小狼儿醒来了，懵懵懂懂间，他竟然认错了妈妈，钻到母豺狗的腹下，吮吸起了奶水。

母狼与母豺狗同时愣住了……

母狼陡然跪下，苦苦哀求母豺狗放过小狼，她自己情愿任由母豺狗处置……

蓦然间，洞外传来了“嚓嚓”的脚步声；母豺狗骤然抹身而去，却被猎人们包围了！

母狼猛然从洞中跃出，扑倒了一个猎人，进而，冲着另一个方向奔蹿；猎人们顿然调转枪口，朝着母狼的背影追去！

片刻后，母豺狗听到一声狞厉的枪响……

母狼临死前，发现自己倒卧的这片草地，正是她吃掉小豺狗的地方；继而，她那眺望着狼洞的眼神，渐渐地黯淡了下来……

母豺狗得救了。也许，从此以后，她就成为小狼儿的妈妈了……

豺　狗

谁也说不清，豺狗的部族与狼的群落相互仇杀了多少代，反正，他们两族之间是世仇！于是，豺狗的家族长先是劝慰、随后便责令豺狗妈妈，必须杀掉她收养的四个小狼儿。

执拗的豺狗妈妈，不得不和老族长派遣的豺狗勇士进行一场殊死搏击，用近乎自杀式的方式迎击勇士，保护了小狼儿并带着他们逃离了豺狗的领地。

可是，他们却无法摆脱大森林中深秋的窘境。为了给孩子们觅食，豺狗妈妈只得和猎人设下的铁夹子周旋。虽然她最终取下了腊肉，但却忍着彻骨的痛楚，咬下了自己的右前爪。

在豺狗妈妈含辛茹苦地呵护、抚育下，四个小狼儿终于长大了。然而，敏感的大狼儿，却愈发清晰地察觉到自己和妈妈的差异，渐渐怀疑起了自己的身世。

就在这时，大狼儿为了病弱的妈妈，闯入豺狗的领地前去捕猎。豺狗妈妈在震怒中，痛责大狼儿。悲愤的大狼儿离家出走，一路狂奔，不料落入了猎人的陷阱。

一只高大的雄狼解救了大狼儿。随后，大狼儿才知道，他竟然是自己的舅舅。雄狼在向大狼儿诉说他的身世时，编造了假相，可大狼儿却信以为真，在恍惚、纠结中痛苦、彷徨。

大狼儿出走前的举止刺痛了豺狗妈妈，从而使得豺狗妈妈断然做出决定：孩子们都已长大，得要让他们知道自己的身世了。于是，她带着三个狼儿，来到了一片墓地前。

雄狼引着大狼儿，从墓地中的一座沙丘后转了出来，他和老豺狗争辩当年所谓的真相。为了卫护妈妈，三个狼儿分别和雄狼搏斗，旋即，便纷纷血染黄沙。

老豺狗疯了，跛着腿、凶烈地撞向了雄狼……

大狼儿终于挣裂了狼性的理智，疯狂地扑向了血泊中撕咬妈妈的雄狼……

七座坟堆一字排开，组成了一片坟茔；沉寂、苍凉……

猎　人

天边显出了海市蜃楼。

海市蜃楼中，一位雄壮的猎人和一只健硕的雪豹正矗立在雪峰之巅，在悍烈地搏击。他俩僵持着、对峙着，迸发出全部的气力，似乎要压塌雄伟的雪峰。

卓丹顶珠仰望着海市蜃楼，骤然对儿子狂呼：“格列，那是你阿爸！快去找他！”

格列一踏上唐古拉山的雪线，就总感到有一双神秘的眼睛一直在窥视着自己；随后，他遭遇了雪熊的扑袭，邂逅了雪狐母子，又被雪山风暴覆没。一只猛兽把他从雪墓里扒出，将他甩入了采药人的岩洞。

为了老雪狐，格列和一个老猎人格斗；之后，他才惊愕地知道，这位老猎人居然是自己的爷爷。祖孙俩——两位猎人，一起在唐古拉山中攀行，向着高耸入云的雪峰行进。

一路上，他俩猜测着，格列的阿爸多吉——一个精壮、神威的猎人，当年究竟遇到了什么，为什么会攀上雪峰和雪豹搏杀！然而，无论他俩怎样联想，都想象不出多吉对狼群的仇恨、与狼王的过往、对狼群的小王子那复杂的心绪……

格列和爷爷登上了雪峰。在峰顶，爷爷和雪豹决斗。为了只有英雄才讲求的公平，爷爷让格列退到一旁，放下了猎枪，只身与雪豹搏斗。格列眼睁睁地看着爷爷和雪豹撕扭在一起，滚下了陡坡。

蓦然，陡坡下爆发了撼动雄山的雪崩……

天马

套马的汉子坂斯在捉拿妖马时，他那从未失手的套马索，竟被妖马咬断了！他的爸爸——部落长坂森大惊失色，觉得这是一种不祥的征兆！

部落的始祖就是凭着一根套马索，套住了第一匹野马、套住了第一头野牛、套住了第一只野羊，从而繁衍生息，沿袭至今；因而，套马索是部落的图腾。而坂斯又是未来的部落长，坂森惶然预感，部落今后的命运会走向断裂。

不久，草甸爆发了瘟疫，牲畜纷纷倒毙；牧人们在混战中相互厮杀；继而，坂斯谢罪自尽……坂森不得不率领着悲怆的部落迁徙……

在艰辛的跋涉中，部落宛如一只破旧的船，在大漠瀚海里艰险地跌宕起伏。可就在人们的体力行将枯竭的时候，大自然却欺骗了他们——人们在追逐假相的亢奋中，耗尽了气力；而海市蜃楼已将他们引入了绝境！

整个部落绝望了。人们在垂死时的癫狂中，举起腰刀，追杀坂森九岁的孙子坂启。坂启惊骇地奔逃，却在拼死攀上了一座巨大的沙丘后，拯救了部落。

蓦然回首——苍劲、高耸的沙丘顶上，斜立着一位老人；一个孩子依偎在他的身旁……

祭　坛

凶烈的旱灾蹂躏着草原。

为了祈雨，草原部落的部民建造了一座高大的祭坛。他们要挑选出一位最优秀的少年，攀上祭坛、拔起祭旗，随后，跳入祭坛中的烈火，化作英灵，成为部落主神的侍者，去侍奉神灵。

部落中所有的少年都想成为侍神者，但是，要想被选中，就必须在激烈的角逐中，力拔头筹。

部落长的儿子凯砍，一直被视为部落的骄子。他很想攀上祭坛，成为高擎祭旗的旗手，进而去追随主神。然而，在竞逐前的夜晚，他被暗算了；昏厥中，他被一个神秘的黑影背走……

第二天，角逐正式开始。部落侍卫长的儿子呼斯漫击败了一个个对手，攀上了祭坛。可是，就在他拔旗之际，凯砍骑着骏马从远处疾驰而来，高呼着要与呼斯漫角斗。

呼斯漫只得走下祭坛，与凯砍比试。他们先比刀法，后钻火圈儿，经过苦苦的较量，凯砍终于率先登上了祭坛。可是，部落长却迟迟不肯吹响追魂号角，进而，又发出了令人惊愕的呼喊。

部民们纷纷拔出腰刀，将部落长包围——他缘由方才的呼唤，顿时成了叛逆！侍卫长趁机拿起号角，成为新的部落长。

紧接着，部民们眼睁睁地看着两个纯洁少年先后跃入蒸腾的祭火……

老部落长在潇潇烟雨中一声声长啸。他疯了……

目录

白狐 大雕和狼

群狼和牧人的铁血搏杀

小狼悲惨的夭折与母狼的嗥叫哭笑

牧人家园的破碎、白狐母子的惊惶逃命

雪空中搏击的大雕轰然陨落、小雕的振翅高飞

无不让这片坚硬而厚重的那拉提浸染着猩红的热血

一、雪地奔袭

1

蒙西那拉提（蒙古语 草地）的初冬。

纷飞的大雪终于停息了，浩茫的那拉提白雪皑皑，一望无际；天地间，流溢着雪光夜色的迷蒙。

迷蒙中，星星点点的、幽绿的光斑在此起彼伏地闪烁，那是群狼的眼睛——有的在眺望，有的在左顾右盼。

远处，羊圈旁的玛尼杆上挂着一盏昏黄的马灯。那摇曳的光晕，将羊圈和毡房从暗夜中抠了出来，显得很是突兀，牢牢地牵引着狼王那鬼火般狞厉的目光；这目光格外幽深。

狼王每每在瞭望的时候，其他的狼，都得呈环形两厢站立；这样的阵势，在狼的部族里一直传承着。

群狼之所以如此，是因为在这神秘莫测的那拉提中，谁也说不清，在哪里隐藏着觊觎的目光。

螳螂捕蝉、黄雀在后，在那拉提司空见惯，因而，狼总是在相互警卫。所以，那拉提上很少有孤狼。即便有，要么是狼群的前哨，要么它的群落已然覆灭，它只是一个孤魂似的残存者。

这一哨群狼在深沉的夜色中，幽灵般地浮现而出，并非心血来潮。自打牧羊人巴雅尔一家在这里圈起了羊圈，它们就惦记上了。

但是，它们从不轻举妄动，它们习惯于频频窥察，直到摸清了所有的情况，才会伺机而发。

这哨狼群，群居在那拉提北边的高地上。那里一片荒凉，无法放牧，故而人迹罕至。于是，那里便成了它们的领地，任凭它们繁衍生息。

很久以前，它们本栖居在高地下、那拉提腹地中的梭梭林里。林中不仅隔风，而且一出林子就是草地，也便于打食。

可是，不知从什么时候起，当浩浩荡荡的驼队在蒙东与蒙西那辽阔的疆域中贯穿往返，一次次途径梭梭林旁的地带而踩踏出了一条马道后,这片那拉提便渐渐成了马道的辐射区。

巴雅尔一家是在这里定居后，才发现了马道的。

他们本住在水草丰茂的蒙东塔拉（蒙古语 草原）。仲秋时节，那里突然爆发了瘟疫，他们只好惶恐地举家西迁。经过艰辛的长途跋涉，直到初冬，他们才来到了河西的这片那拉提。

他们的邻家都是牧马人，结伴向北奔腾而去，奔向了蒙北的塔拉；只有塔拉，才能够承载一族族的马群。

迁徙前，其中的一位牧马人郑重地向巴雅尔叮嘱了一番，然后与他依依惜别。

巴雅尔本想与邻居们同行，可蒙东塔拉与北部的塔拉之间，区隔着好几十里的丘陵地带，而他们牧养的是羊，难以穿越。塔拉上的羊大多是绵羊，根本不能像山羊那样翻沟越岭。因此，巴雅尔一家只得孤零零地迁移，沿途不免感到孤寂。

然而，他们却不知道，一对儿乌妮格（蒙古语 狐狸）母子竟一直在敛声屏气地追寻着他们的印痕、遥望着他们的背影，远远地尾随着他们，也奔逃而来。

尾随着牧羊人家脱逃的乌妮格，不同于寻常的狐狸。

它们在春、夏、秋三季，身上的毛色和青草一色，故而，被称为"青狐"；而到了冬天，只要一落雪，其毛色就立刻变为雪白，又被称为"白狐"。于是，人们因它们能够随顺天时而变化，便将这二色一狐，称之为"天狐"。

既然是天狐，自然灵性十足，乌妮格母子也迫切感到了瘟疫的狰狞，当然也得逃离。

逃离时，还是仲秋光景，它们身上闪烁着青色的光影。

起初，青狐母子并不清楚该去往哪里，才能突出瘟疫的包围，但很快，青狐妈妈便窥望到了牧羊人家在匆匆地打点行囊，于是，它眼前倏然一亮，将出逃的方向，套在了牧羊人的身上。

青狐明白，只要人能待下去的地方，它们就待得下去。随后，它便带着小青狐，小心翼翼地用希望裹缠着追随。终于，它们远随着牧羊人家逃出了蒙东塔拉，来到了河西的那拉提。

就在牧羊人家围建新家园的时候，青狐母子已然蹿进了远处的梭梭林，并捕杀了两只野兔，从而抢占了它们的岩洞。

于是，青狐母子与牧羊人家一样，也总算有了新的栖息之地。然而不同的是，青狐总是在将小青狐安顿好后，昼伏夜出。所以，在这辽阔的那拉提上——白天，只有牧羊人家欢腾的身影。

前不久的一个下午，牧羊人巴雅尔要去河边饮马，刚奔出不远，便看见了那条纵贯那拉提的漫长马道。这让他感到惊喜。

是啊，牧人们谁都知道，只要有马道，就会有驼队；而驼队所贩运的琳琅满目的东西，能够给生活带来很大的便利。

只是巴雅尔一家才来不久，还没有望到过从这一带定期往返的、浩浩荡荡的驼队；而尾随他们前来的青狐母子，自然也没有听到过悠扬的驼铃声，没有见到过怒马铁蹄，否则，早就逃之夭夭了。

正是因为马道的贯穿，这一片那拉提的四周围会定期喧闹，狼便理智地选择了退避。

尽管栖身于梭梭林，外出打食方便，但也总会与牧人或者猎手遭遇。虽说驼队在这一带只是定期往返，他们出现时，才会人喊马嘶，一经离去，此处又归于寂静。可驼队所带来的勃勃生气，却一直在这里萦绕，因而，就间或有人从这儿穿行或是打尖，甚至留居一段时日。

对于牧人，尤其是猎手，狼是有所畏惧的。他们有火枪快马、牧羊犬或藏獒；他们一旦杀心骤起，是非常狰狞可怖的。因而，狼总是巧妙地声东击西，袭击他们的牛羊，很少伤及于人，以免触怒他们。

因为，人是最记仇的，一旦寻仇，如阴魂缠绕，休想摆脱。

这哨狼群的老狼王，就是在一次侵袭家畜时，没有来得及将主人调离，仓惶间撕碎了牧人的儿子，从而被牧人纵横追杀，最终毙命的。

那个牧人太可怕了，居然抛家舍业，用了两年的时间，追踪、设伏；在锲而不舍中，终于将老狼王吊死在一块儿粗粝的岩石上。

当然，老狼王的右眼处有一块儿醒目的、猩红色的胎记，这就更便于那牧人将它锁定在仇恨的准星中。

2

现在，新一代狼王正在眺望着另一家牧人。

那拉提上的时令好似一袭毡帘，一经撩起，便截然不同。一进深秋，捕食就立刻困难了；再一入冬，便愈发窘迫。

一大群狼聚居在一起，早已饥饿难耐、躁动不安，狼王便瞄上了迁来不久的、牧人家的羊圈。

它已经隐伏着窥探了一些时日，发现这家牧人从不打开羊圈，让群羊四散觅食，而总是将它们圈（juān）着，进行圈（juàn）养。

如此一来，牧人全家就得不辞辛劳，时常打草。尽管有时候，他们也会歇息，但那是因为，他们已经把草打够了；可不待积草见底儿，他们便又唱着蒙古长调，悠然地去四处打草了。

巴雅尔全家颇有牧场经验。要是以往在塔拉上，有几户或者十几户牧人生活在同一片地带，他们便放牧。因为，他们人多势众，又同声相应，一户预警，众人驰援，所以，狼群根本不敢靠近。

可是现在，他们独门独户，势单力薄，很担心群狼的袭扰，不得不小心。故此，他们只好圈养群羊。

这样一来，狼群便没有了随机侵掠羊群的机会。于是，它们只能等待一个最佳的时机，倾巢而出，发起正面攻击。

机会终于出现——下雪了，而且还下得很大，直到暮色苍茫时，才渐渐停息！

狼王将大雪初霁的夜晚，作为最有利的时机，这完全来自它那缜密的判断。

通过不时地窥探，狼王早已发现，牧人全家在外出打草时，从不带牧羊犬护行，而总是将三条牧羊犬全部留下，看护羊圈。

而牧羊犬们又都忠于职守，一步也不离开，时时戒备着，并一直保持着“品”字形的阵势，以便随时出击。

狼王当然知道，牧羊犬不仅警觉，而且非常勇猛；三条健壮的牧羊犬组配在一起，绝对是一股不可小觑的力量。即便是被包围，它们也会左突右冲，并且随时相互补位、互相保护，一时之间，决不会落于下风。

而牧人全家虽然不时地易地打草，可他们所在之地，老是距离羊圈不远，这使得他们一旦发觉紧急情况，便能够及时回援。

狼王在厌恶牧人的狡黠时，自然也会想到，他们从不带牧羊犬护行，不只是为了确保羊圈的安全，同时，也是一种自信；一杆长管火枪、一柄宽背蒙刀、一条长鞭、一张硬弩，的确令它感到眼寒！

狼王窥测得很准。

那牧羊人家的男主人高大魁伟，背着一杆毛瑟长枪，枪不离身，并且腰间还挎着一柄宽背蒙刀。

他的额赫妮尔（蒙古语 妻子）总是攥着一条长鞭，那粗粝的鞭身盘绕着，裹缠在右臂上。

他俩的胡（蒙古语 儿子）时时都背着一张硬弩，腰际的箭壶口上支棱着密匝匝的箭羽。

狼王只是窥望到了牧羊人的装备，就已然觉得紧张，倘若再知道他们的功夫，定然会更加怵惕。

少年牧人阿木尔的弓法不错，十射九中，不过这在塔拉或那拉提中，倒也司空见惯——马背上的扎鲁（蒙古语 少年）大多如此；然而，他的阿布（蒙古语 爸爸）巴雅尔与额吉

（蒙古语 妈妈）乌日娜则非同寻常了。

巴雅尔枪法精准、刀法精湛；乌日娜的鞭法更是出神入化，手中的长鞭一经挥舞而起，简直针扎不入、水泼不透。

当然，他们各自的功夫和他俩那隐秘的身世密切相关。只是，阿木尔并不知晓，狼王更是无从得知。

尽管狼王尚未领教牧人们的功夫，可还是倍加小心。它一边耐心地等待着最佳时机，一边煞费苦心地思虑着进击的方式：

白天出击，显然不行。还没等靠近，那三条牧羊犬便会奋声咆哮；牧人全家要么及时回扑，要么就地反击；并且白天视野辽阔，整整一片开阔地，没有任何屏障，前哨便会成为活靶子。

一旦几只前哨猝然倒地，后面的群狼便都逡巡不前了，那就只能铩羽而归。若如此，自己不仅白白损失，还激发了牧人的警觉。

平日里，他们就够警惕了，如若再令他们惊觉，那么今后，便更难寻找机会了；倘若他们因此迁移，一经离开自己的领地，就鞭长莫及了。

可要是放在寻常的夜晚也不行。自己能够想到，在夜幕的掩护下，便于偷袭，牧人也一样可以想到。因而，每到夜晚，他们都会加强警戒，燃起几堆篝火，围绕着毡房和羊圈。

狼十分惧怕火，总觉得那是撕卷着的、红色的妖魔，所以根本不敢靠近。

那么，狼王就只能选择雨雪之时了。

冬天，无论下雨还是下雪，自然会更加寒冷，牧人与牧羊犬便不由得要息身取暖；而一旦舒适，就会情不自禁地松懈。再加上牧人也一定会揣度，这样的天气，狼难以行动，因而，则会愈发懈怠。

尤其是，只要一下雨、雪，地上就湿漉漉或雪蒙蒙的，干缩的柴草自会饱吸湿气，一时间是燃不起篝火的；而那一盏挂在玛尼杆上的、昏黄的马灯，只是牧人的障眼法，根本唬不住狼群。群狼只需抓住时机，突入羊圈，群羊一经炸窝，它们自然得手。

于是，狼王便在大雪初霁的深夜，率领着狼群倾巢而出了。

但是，当它们从那拉提北边的高地奔腾下来后，却没有急于发动，而是暂时驻足在了梭梭林前的不远处。

狼王要在寒月之下，进一步仔细瞭望；它很清楚，必须有充足的把握，才能一蹴而就。

群狼默默地分列在冰冷的雪地上，焦急地等待着狼王的号令。

狼王眺望了好一阵后，终于擂响了心头的战鼓。

正如它所料，那远处的羊圈、毡房的周围，没有再像往常那样燃烧着刺目的、扑展着的篝火；尽管马灯依然在玛尼杆上悬挂着，但由于失去了篝火喧腾的衬映，而显得羸弱。

看来，一场大雪真的令牧人们松懈了。

于是，狼王引颈低嗥。它那阴沉的号令，只有群狼能够听见；继而，余音就被空旷吸干了。

狼王知道，眼下还远远没有到吼出冲锋号的时候，所以，便紧缚音声，免得提前惊扰了牧羊犬和牧人。既然是突袭，当然越隐蔽越好，如此，才能掠他们个措手不及。

低沉的号令一经发出，两厢分列的群狼顿然振奋了起来，纷纷从狼王的两侧“唰唰”地飞身掠过，朝着羊圈奔袭而去。

狼王压阵，尾随着最后两只雄狼的背影，悄无声息地起身了。

3

冲在最前面的是三只前哨。它们与身后的两列群狼保持着一定的距离，呈“品”字形飞扑着，显然，它们是要去袭击三条牧羊犬。

把头儿的哨狼，在听到了狼王的号令、纵身奔跃前的一瞬间，蓦然回首，望了望站在最后面的、队列外的母狼。

母狼脚边，两只圆乎乎的小狼正在一边相互扑着，一边“嘻嘻”地叫着。它俩是被母狼和哨狼衔来的。

狼群在从高地出发时，母狼要送送哨狼，于是，它们各衔着一只小狼，跟随在队列的最后面。然而，母狼这一送，竟然送到了梭梭林畔的那拉提上。

一路上，它俩无法说活，只是倾听着彼此的气息。

一来到那拉提，狼群便立刻列出了进攻的阵型，等待着发动。哨狼赶忙放下小狼，挤到最前面，站在了自己那前锋的位置上。

当狼王下令后，哨狼倏然回望母狼；它情不自禁地眼波一漾，冲母狼点了点头；然后，转回身，蹿跃而去。

母狼“唰”地竖立起来，两只前爪冲着哨狼的背影使劲抓挠，像是叮嘱，又像是祝福。

两只前爪刚一落地，母狼的心便随之一沉，仿佛有什么东西猛然栽倒在心底，令它骤然产生出了一种不祥的预感。以往，哨狼每次出征时，都不曾回头，可这一次，不知道它怎么了。

母狼心中蓦然一动，很想立刻撵上去，陪伴哨狼；万一有什么凶险扑向它，自己马上就挺身而起，为它遮挡。

但是，脚旁还羁绊着两只出生不久的小狼，需要母狼照管，狼王也正因为如此，才不让它参加这次突袭。

母狼知道，这是狼王对它们母子的保全，可它并没有待在洞穴里，还是跟着狼群来到了那拉提。

站在这里，它可以为哨狼送行，能够依稀遥望它厮杀的身影，更可以尽快地迎接它的归来。

母狼的眼神愈来愈深邃，铺展出了一架晃晃悠悠的浮桥。

4

松软的雪地在群狼的铁蹄下，连绵不断地发出着“沙沙”的声响，犹如沙场中那充满戾气的鼓点。

狼群行进得很快，一排排尖利的蹄印迅速地延展开去。

马灯越来越近了。狼王轻啸一声，狼群随之铺开阵型、组成了扇面，迅猛地靠近着羊圈。

在马灯昏黄的光晕下，三条牧羊犬呈“品”字形，各自倚着羊圈的栅栏正在歇息。突然，它们的耳朵同时颤动了一下，它们便同时睁开了眼睛。

只见前方正游动着星星点点的、绿豆似的光斑，于是，它们不约而同地扑起身，异口同声地狂吠了起来。

毡帘“呼”地一挑，巴雅尔和阿木尔分别握着长枪、硬弩，先后冲了出来；随后，乌日娜也出来了，挽着长鞭站立在他俩的身后。

“契奴（蒙古语 狼）！”巴雅尔略一扫视，便明白了，不免连连叫苦。柴草早已被大雪封盖，仓促之间，无法点燃篝火，因而，不能拒敌于安全范围之外。

但此刻，他又不能开枪。虽然黑暗中，他无可目测，可凭直觉，他知道，群狼尚未进入射程之内，这时开枪，只会白白浪费子弹。

当然，要是能够起到震慑的作用，倒也值得；但眼前的绿光，闪闪烁烁的，俨然是一大片的扇面，谁知道有多少只狼！即便镇住了一两只，也难以遏制那扑涌的势头——那阵势一望便知，是穷凶极恶！

然而，要是待狼群扑临到近前，自己的枪再快，也只是点射。尽管能迅速打倒几只，但缓急间，根本阻挡不住已成泛滥之势的突击。

巴雅尔在惊慌中，又感到了深深的懊恼——

在白天刚刚下雪的时候，他曾想到过，将柴草抱进毡房，以便到了夜间如往常那样，点燃篝火、防备狼群。

可这念头只是一闪，便被他那一直紧绷着的心弦弹掉了——当时，他们全家都在仰头呆呆地注视着天宇。

雪空中，大雕和天狐正在殊死搏杀！他们的心都被死死地扯拽着，并生生僵持了一天，哪还会有别的心思。

虽然暮霭时分，大雕与天狐都各自消失了，但他们一家人，还仍旧沉浸于那在天地间惨烈搏击了许久的激荡中。

他们回到毡房后，一边心不在焉地熬着奶茶，一边意犹未尽地回忆着、兴奋不已喧哗着，全然无心旁顾。

直到晚间睡觉前，他们才想起，还没有料理篝火，于是，巴雅尔搓着手，走出了毡房。然而，一经下雪，便格外的冷，他真不想将柴草垛上那厚厚的积雪费劲地来回拨拉，然后再将那些枯冷、僵硬的柴草抱来抱去。

巴雅尔又进了毡房，伸着懒腰、打了个哈欠，继而，疲惫地说："算了，今晚不点火了；明天再扫雪吧。"

"那哪行，夜里怕有狼！"乌日娜说着，冲阿木尔一摆手。"去，把火点起来。"

"雪太厚，一时半会儿除不净！"巴雅尔拦住了已站起身的阿木尔。"空一夜，没关系。大雪天，狼不会出来的——雪花一落到身上，就会融化，湿寒得刺骨，它们只能窝着避雪。虽说现在停了，可才停不久，狼哪有那么勤谨！到处都是积雪，谁愿折腾！赶紧睡吧，今天都太累了！"

"全是让那大雕闹得！"乌日娜也的确困倦了。"都睡吧，明早起来除雪！"

然而，万万没有想到，就在这白雪皑皑的深夜，狼群居然已神不知、鬼不觉地潜行到了近前；要不是牧羊犬狂吠不已，他们还在酣然沉睡。

他们之所以会如此轻心，不仅仅是由于柴草垛已被厚实的积雪覆盖，一时半会儿，难以清理，更是因为，他们压根儿就没有想到狼竟真的会来。尽管他们也时时小心、处处提防，但那只是出于习惯。

自打迁到这片那拉提，他们从没有看到过狼的身影，就连痕迹都未曾见过，所以，他们总觉得，这一带根本没有狼。

直到此时，他们才明白，狼肯定早就盯上了他们，只是为了剥啄时机，而在刻意地隐藏。

陡然，巴雅尔想起了在迁徙前，邻家牧马人曾郑重地叮嘱他，“我曾在河西的那拉提套马时，发现过契奴的很多痕迹！那一带，很可能有大群的契奴，你们要多加小心！”

可是，这么一大片契奴，能藏到哪儿呢？！巴雅尔备感惊疑。全家人四处打草，而那拉提又这般开阔，怎么就没有发现半点儿蛛丝马迹！

“唉！糟透了！”巴雅尔咬牙道，紧张地扫视着那在夜色中眨动着的、绿色的狰狞；随即，他握紧长枪，下意识地挪动了几步，遮住了阿木尔。

这时，牧羊犬已急不可耐了，屡屡回头，见主人老不下令，便自顾自地咆哮着，迎面向狼群扑去。

猛然间，乌日娜悠起长鞭一甩，鞭花在空中炸裂，爆出一声带着尖厉哨音的脆响。三条牧羊犬连忙刹住脚步，再次回头瞭了瞭主人。

乌日娜之所以冷静地喝住了牧羊犬，是因为她很清楚，如今早已不似以往。没有了邻家的驰援，区区三条牧羊犬一旦扑入狼群，就会立时被裹卷，而群狼便能长驱扑来；牧羊犬再想返身回援，很难迅速突围，那他们就会更加危险！

因此，必须留下它们，准备就地反击。等狼群扑涌得更近些，再让它们冲锋，那便能缓冲群狼汹涌的势头，这有利于乌日娜抓住空隙，寻找狼王。

她只要能够盯住狼王，手起鞭落，不仅能打它个皮开肉绽，而且，鞭身一缩，还能顺势将它卷到半空，再将它摔个稀烂。这样，群狼就会慌乱，便很快能被驱散。

紧接着，乌日娜又一闪念，立刻一侧身形，越过阿木尔和巴雅尔，一个箭步纵到玛尼杆前，抬手摘下马灯，使劲甩向了前方，并脱口道："打碎！"

巴雅尔应声开枪。

"嘭"的一声，飞起在半空中的马灯，还未滑落到抛物线的尽头，就粉碎成了一团黑沫。

5

群狼突然看见，正前方的半空中，骤然爆起一团火焰，不禁全都一阵惊疑，各自的脚下都不由得一顿，整个狼群就像是汹涌的波涛猛然撞到了堤坝，而轰然后漾。

狼的疑心很重，乍逢烈焰，尽管转瞬即灭，可仍然免不了迟疑，那奔袭的速度顿然减缓了下来。

狼王也放缓了步伐，紧紧地盯视着前方，等待着第二团火焰的腾空，然后，根据爆落的方位，重新排兵布阵。但是，再也没有动静，它便放下了心。于是，它发出一声威猛的长嗥，狼群又奔涌了起来。

然而，每一只狼都不由自主地变得小心翼翼，虽然速度又提了起来，可脚下无不谨慎，失去了方才的畅快，因而，奔袭的锐气减弱了一些。

乌日娜要的正是这种效果。

早年，她曾随东蒙大侠鞭王学艺的时候，师父就教过她，在与对手交战前，先要设法挫折对方的锐气，便已赢了一半。

当然，乌日娜的目的不仅仅如此，同时，也是为了立时隐于暗处。要知道，光亮很容易招惹黑暗的冲刷。

三只哨狼已然靠近了，巴雅尔终于开火了。

雪地映衬着冷月的寒光，使得巴雅尔可以清晰地看见已然扑临到了近处的哨狼们。他打一枪、换一发子弹，眼疾手快，迫使颗颗子弹竞相怒射。

把头儿的哨狼左右飞闪，避开了飞弹，但它身后的两只，却先后栽倒了。就在巴雅尔再次退膛装弹时，阿木尔已张弓放箭。

那前头的哨狼再也没能避开，无论它的脑袋如何坚硬，犀利的箭镞还是钉进了它的眉心。

一阵剧痛激得它蹿腾而起，并在空中打了个旋儿。瞬息间，它冲着梭梭林的方向嗥叫了一声，仿佛饱含着痛苦的呼唤；继而，它便重重地跌倒了，激荡起了一片雪沫。

三只哨狼纷纷倒地，后面的群狼立即四散开来。就在它们踌躇之际，最后面的狼王再次引颈长嗥。

这次的冲锋号愈发犀利、凶狠，促发得群狼一起嗥叫了起来，如疾风暴雨般发起了猛攻！

“上——！”巴雅尔厉声断喝。

三条牧羊犬霍然而起，勇猛地扑了上去。它们真是聪明，忽然间，改变了“品”字形的阵势，间隔着并成了一排，形成了一道横截面。

乌日娜紧随其后，舒展身形，飞舞起长鞭。

只见她指东打西，鞭花缭绕，每一鞭都不落空。

左突右冲的狼身，只要一沾到鞭梢，便皮开肉绽。一阵阵“噼噼啪啪”的脆响，飞溅起声声嘶嗥。

此时，乌日娜只是悬腕舞鞭，尚未痛下死手，因而，仅是鞭梢飞撩。这倒不是她有意鞭下留情，而是担心鞭身缠住狼身，影响运鞭的速度。眼下，她要的不是单个毙命，而是大面积的驱赶。

巴雅尔了然，不得不扔下长枪，抽出宽背蒙古砍刀，与乌日娜并肩作战。的确，眼前的阵势，已容不得他一枪枪地点射，他必须得舞出一团团刀影，劈砍出一片阻击面。

巴雅尔年轻时，曾在蒙东王府做过金刀侍卫，颇有一身好功夫。一把蒙刀被他舞得密不透风，左劈右剁，砍翻了一匹又一匹饿狼。

就这样，乌日娜鞭打远处的，巴雅尔刀砍近旁的，再加上三条牧羊犬紧紧地与群狼裹缠在一起，丝毫不肯退却半步。一时间，牧羊人家竟合力绷起了一道防线，令群狼无法蹿进羊圈。

阿木尔站在阿布和额吉的身后，举着硬弩，瞄着闪烁不定的狼影，左一下、右一下地随影施射。

乌日娜稍一侧脸，疾声道：“别乱射，找狼王！”

“哪只是狼王？！”阿木尔喝问。

“藏在最后面、发号施令的那只！”巴雅尔厉声道。

阿木尔深深吸气，又重重地吐出；进而，重新弯弓引箭，觑起双眼，紧张地扫视着。

就在他紧紧寻望的时候，远处的母狼也正在翘首寻望。

二、惊悸追寻

1

母狼直直地竖立着早已竖得充血了的两只尖耳，极力睁大眼睛，紧张地眺望着远方。它的心弦紧绷着，全神贯注得几乎一身僵硬，仿佛一尊雕像；一时间，它甚至忘记了身边的两只小狼。

此时，它根本不会想到，就在它左后侧的不远处，有一个地窝子；里面正隐藏着一对儿惊恐的白狐母子。

这对儿白狐母子，就是前不久尾随着巴雅尔一家、奔逃到河西那拉提的青狐。

不过，就在傍晚暮色苍茫的时候，它俩一经钻出乌日娜特意抛下的货鞍，滚入雪地便倏然变成了白狐。

人们都说，青狐、白狐——这二色之一狐是天狐；而天狐，则是长生天的精灵。

的确，这对儿白狐母子真是精灵！

它俩不仅能在大雕的追捕中逃生，并且，白狐妈妈还在与大雕的搏斗中，抠瞎了它的双眼。

当它们双双挣脱大雕的利爪，从空中坠落到乌日娜为解救它俩而放置的货鞍上、再弹落到雪地中时，已然筋疲力尽了。

劫后余生的小白狐，恨不能立刻钻入梭梭林中的岩洞里，但却被白狐拦住了。无论在什么情形下，白狐的心中总是绷扯着一根底线——“狐疑”，它绝不会突破。

白狐母子已经离开梭梭林整整一天了，谁知道那里会发生些什么；要知道，它俩如今在林子里栖身的岩洞，就是妈妈在将两只野兔撕裂后抢占来的。

于是，它俩就在梭梭林外奋力挖了一个地窝子，遮饰好后，便潜伏在了里面。它们准备好好休息一夜，等天一亮，恢复了体力，再钻入梭梭林。

小白狐很快就睡着了，打着酣甜的呼噜。白狐只是打了一个盹儿，便醒来了，它赶忙小心地碰了碰小白狐；小白狐略一蜷身，呼噜声消失了。在这寂静的深夜，任何一丝声息，都会被机敏的耳朵猎取，白狐不得不精心。

稍稍迷糊了片刻，白狐觉得精神好了些许，便伸起脖子，将双眼凑到掩饰着地窝口的荒草的缝隙前，向外瞭望。它发现，四周围满是亮晶晶的星星。

星星怎么都落了下来？它感到疑惑，而且，怎么还都是绿色的？

突然，它觉得，体内涌起了浪涛般的寒气，在凶狠地拍击，令它毛骨悚然；它陡然明白了过来，外面全是狼！

白狐惶恐地屈身伏下，慌忙用左前爪捂住小白狐的嘴，又用右前爪轻轻而又频频地摇晃着它；同时，将嘴巴贴到它的耳边，微微地叫着。

小白狐稍一含糊，便激灵一下清醒了。它紧紧地蜷缩着，用前爪捂住鼻口，屏住了气息。

地窝外的不远处，真有一群狼，而且，还是那拉提上的苍狼，每一匹都高大、凶猛。它们侧对着地窝的方向，呈环形站立，等待着狼王的命令。狼王正在瞭望远处的羊圈和毡房。

唉！刚刚脱险不久，没想到又遇到了狼群，并且还近在咫尺！白狐的心激跳着。

此时，它的心跳幅度，一点儿也不亚于清晨时，它心中的律动……

清晨时分，还没有下雪，它未曾变色，依然是青狐。

2

青狐蒙蒙眬眬地醒来了，尚未睁开眼睛，它便下意识地来回摆动着蓬松而粗大的毛尾。

只要触碰到小青狐，它就可以安心地再睡一会儿；之后，打一个长长的哈欠，睁开惺忪的睡眼，侧屈着、扭头舔舔被自己的毛尾圈着的小青狐。接着，它等着小青狐醒来，带着它在这宽敞而又舒适的岩洞里，打熬过漫长的白天。

已经是初冬了。白天被寒冷侵蚀得削薄了许多，但青狐依然感到难挨，因此，它只能熬。只有熬到了黑夜，它才能钻出洞口、蹿出梭梭林，四处觅食。

现在已不同于往昔那些迁徙途中的时日了，它又恢复了本然的习惯——昼伏夜出。可是，虽然它用锋利的眼神、尖利的四爪，将夜幕撕扯开了一条条口子，但猎捕却越发的困难。

一进入冬天，浓重的萧瑟，便将那拉提深深地浸泡，把那些灵小的身影全都淹没了；而且，草地也愈发的僵硬，使得青狐越来越难以探测到地皮下面的空穴，因而，就连旱獭、草鼠都难以捕捉。

小青狐已然两天没有吃到东西了，它那两颗黄红相间的眼珠儿凹陷了下去，鼻、嘴也更加前突。然而，它总是安安静静地蜷伏在青狐的尾圈中，神往地望着洞外。

尽管洞口被硬扎扎的梭梭枝遮掩着，可它依然能够在纵横交错的缝隙中，看见一条条的蓝天。

青狐知道，它是在遐想，并用遐想捆绑着那梭梭枝一般支支棱棱的饥饿感。可是它不吱声，而且在与青狐对视时，眼神里还浮动着淡淡的笑。

这让青狐感到欣慰，又觉得格外的心疼。于是，它心中便更加焦灼，恨不能蹿到天上，撕下苍天那明亮的外衣，露出黑色的躯体。

不到万不得已，青狐决不愿暴露在蓝天之下；只有出没在星光流溢的暗夜中，它才能感到踏实。

——它从不相信，那充溢在荒凉的梭梭林以及枯黄而又辽阔的那拉提上的安静，会真的安静。

青狐的毛尾，左右扫动了好几下，尾尖甚至都触到了自己的鼻尖，也没有碰到小青狐。它骤然一惊，“唰”地睁开了眼睛。

它来回扭动着脑袋，看了看身体两侧，又电光石火般地扫视了一下洞角，却没有看见小青狐的身影。

突然，青狐发现，掩盖着洞口的梭梭枝，咧开了一条大口子。

呀，它偷偷溜出去了！青狐的心“嘭”地鼓胀了起来，顿时觉得，那被厚厚的绒毛覆盖着的脊背，像是被一条冰冷、粗粝的皮鞭猛抽了一下。它慌忙起身，“噗”地撞出了洞口。

遮盖着洞口的梭梭枝，扑簌簌地倒了一地。

平日里，青狐一钻出洞口，并不急着离去，而是将散落的梭梭枝一根根地叼起；肢体竖立着，把它们逐一斜搭在洞口上；进而，它依然直立着，一边跳来跳去，一边用两只前爪把它们细致地铺排好。

但是此时，它已顾不上再像往常那样，而是惊慌又敏捷地纵身而去，任凭洞口张咧着，仿佛在惊叫一般。

青狐扭动着身躯，飞闪着在梭梭林中穿梭。虽然它知道，在这尖枝利刺的林子里，随时都可能迸发杀机，从而为小青狐心慌意乱。可是，它在像一条柔软的青色丝绦于林木间缠来绕去时，却依然不时地回头张望，并且时时用余光扫视着两侧。

它的妈妈曾经反复告诫，狐狸赖以生存的本领，是警惕；这种警惕，叫“狐疑”！

青狐在林中飞速地蹿了好几圈儿，但仍然没有看见小青狐的踪影，这令它更加恐慌；然而，它也没有看见血迹，甚至是毛皮，这又让它略感心安。

旋即，它又忽然怀疑，自己在慌乱中会有所疏忽，于是，便跃身而起，跳上了一块突兀的岩石，居高临下地仔细环望。

浩荡的寒风，在梭梭林中撞来荡去，干枯地嘶吼着，裹卷而起的只有枯枝败叶和细细的砂粒，它根本寻望不到小青狐的身影。

糟糕！看来，小青狐跑出了林子！青狐陡然感到，心中一阵阵紧缩。

尽管青狐从蒙东的塔拉来到这片那拉提不久，对这里还不太熟悉，可往昔的经历令它很是清楚，无论哪里，总会游荡着或大或小的狼群；它们幽灵般地四处游弋，不管地域如何宽远，在狼群的脚下，只是咫尺之间。

不仅如此，浩瀚的天宇中，还时常有大雕和雄鹰在翱翔，再遥远的活物，都能被它们那尖利的眼神钉住；随后，它们便俯冲而下，又掠地而起；紧接着，挣扎着腾起在半空中，转瞬间，便会化成一个凄厉的黑点儿。

青狐使劲地闭了闭眼睛，又晃了晃头，尽量将幻影摇散；随即纵下岩石，一闪身，向林外蹿去。

3

刚一钻出林子，青狐便匍匐下来，机警地朝前后左右探视，又提鼻嗅了嗅气味儿；在断定没有什么危险后，它便四下里瞭望，判断着追寻小青狐的方向。

然而，青狐眼前的那拉提，实在是太辽阔了，根本看不见天地之际，这使得它失去了判断的勇气。于是，它更加焦躁不安，恨不得撕烂、咬碎多余的方向。可它又不知道，哪几个方向是多余的……

蓦然，它隐隐地听到了几声犬吠，便再次挺了挺已经竖得笔直的耳轮，屏住呼吸，拼命地倾听；少顷，它又听到了轻微的、马儿的“咴儿咴儿”声。

青狐怦然心动，心底蓦然涌起了揣测——也许，小青狐的去向就在牧羊人家的附近。

它之所以如此揣度，是因为——

仲秋时节，蒙东的塔拉爆发了瘟疫，而且扑卷得很凶烈，青狐不得不带着小青狐逃离。可是，它却不知道该逃往哪里，才能寻觅到一处安稳的栖居地。

就在惊恐、踌躇之际，青狐惊喜地窥望到，一户牧羊人家正在匆匆地打点行装，显然是在准备着搬迁。

果然，他们随后便驾着三辆满载着日用家什的高辕马车，赶着羊群，由三条牧羊犬护行，急遽地迁徙而去。

于是，青狐急忙带着小青狐远远地尾随，开始了长途跋涉。它知道，只要牧羊人找到了新家园，所在之地必定是安全的。

奔波了好一段时日，牧羊人终于停住在了河西的那拉提；而青狐母子则钻入了梭梭林，抢占了一处岩洞，安住了下来。

这片梭梭林正对着牧羊人家，不过，相距得很远。

此刻，青狐极目瞭望着早已安居了的牧羊人家的方向，心中惶恐不安地翻腾着：

小青狐跟着自己一路追随着牧羊人，跋涉到了这里。刚刚落脚时，自己不敢带着它贸然钻入梭梭林，担心林子里有狼或野獒，就和它一起蜷缩进了一处草窝子。自己与小青狐在潜伏中，朝梭梭林的方向张望了许久。

那草窝子虽然离着牧羊人颇有一段距离，但小青狐和自己一样，具有很强的遥视能力，完全能够遥望到他们搭毡房、圈羊圈，因而，知道他们在那里围建家园。

这两天，自己没能捕获到什么，小青狐也许是因为太饿了，便想起了路途中捡食过的琥乳妲（蒙古语 奶酪），于是，就偷偷地去牧羊人那里觅食。

的确，在尾随着牧羊人家艰辛迁徙的路途上，小青狐偶然捡食过一块儿牧羊人遗落的琥乳妲。在这之前，它从没有尝到过那么香甜的味道，因此，当琥乳妲全部融化在它的嘴里，并被它吸嘲进腹中时，它依然沉浸在那美妙的余味中。

当时，它那沉醉般的神情，让青狐感到心中一阵刺痛。

一经想到这些，青狐心底那刚刚浮起的猜测，便截然凝固成了判定，使得心头那沉郁的紧张感骤然炸裂，令它心悸。

这太危险了！要知道，牧人家有三条牧羊犬。那牧羊犬非常机警，稍有风吹草动，便会立刻警觉；并且它们还十分勇猛，在与狼群遭遇时，都敢决一死战！

青狐不敢再深想下去，略一环顾，便飞身向牧羊人家的方向疾奔。它好似一束青色的光影在飞闪，脚下那窸窸窣窣的声响，就像一条凶狠的皮鞭，将沉默的那拉提抽打得向后飞掠。

终于，它远远地看见了毡房和羊圈，于是便连忙放缓了脚步；进而定住身，趴伏在黄褐斑驳的那拉提上。

青狐放眼眺望，只能看见马儿、牧羊犬和群羊的身影，却怎么也望不见小青狐的踪影。

然而，它已深深地感觉到，小青狐就在牧羊人家的附近。只是它不知道，小青狐是否已被捕捉，甚至还被作为诱饵，在耐心等着自己去钻入一个凶险的圈套。

青狐心中的“狐疑”，好似一根粗硬的缰绳，将它死死地勒住了，使得它不敢贸然靠近毡房。它必须得先看清一切！

于是，它咬了咬牙，“呼”地仰起头，睁大眼眶，将两只眼珠儿鼓足，死死地盯视着蓝天；同时，深深地吸气。

青狐如此，真是太危险了！它的这种举止，本来只能发生在夜间。

青狐的眼中具有特殊的晶点，可以吸纳微弱的光线，并聚集起来，然后，集中反射。这便使得双眼能够闪闪发光，具有很强的夜视能力，从而在黑夜中，清晰而敏锐地搜寻猎物。

难怪蒙古高原上老有人说，它们总是在深夜里，仰望月亮与星星，吸收着月精星华，所以，它们颇有灵气；不过，相对于白天和太阳，它们汲取的是天的阴气。

是的，它们不能吮吸白天的阳气，因为，太阳的光线太亮，能够普照大地，如果，着力嘲吸的话，很可能会造成暴盲。

但此时，青狐不得不冒险了。它的双眼，必须得赶紧吸取明亮十足的光线，以便自己能够更加清晰地遥视。

4

青狐陡然感到，眼前一片刺亮，禁不住猛一阵眩晕。

它慌忙紧闭双眼，频频地使劲吐气，似乎承受不了骤然吸进的强光，得赶紧倾吐出去一些。

平息了片刻，它觉得心头不再那么激跳，于是便缓缓地睁开了眼睛。远处的景象，越发清晰了，宛若眼前——

它不仅能够真切地望见在毡房顶上飞扬的经幡和羊圈的栅栏，还能清楚地看见马儿、绵羊与牧羊犬那不时从嘴中呼出的白气。

青狐飞掠着视线，旋即，目光便“呯”地聚焦了——

终于，它发现了小青狐！

小青狐正趴伏在草洼里，目光炯炯地注视着羊圈。它压低身形，尽量埋没于荒草间。一看那姿态便知，它是有意在隐伏。

青狐又疾速地扫视了一番小青狐的四周，并没有发现觊觎的目光，于是，它的心弦“倏”地松弛了下来，顿觉周身酥麻麻的——这是疲惫骤起的感觉。

其实，刚才那一通奔跑，消耗不了多少气力，它之所以感到劳乏，是因为突然放松了心劲儿。不过，这种松懈感一闪而过，须臾间，它又绷紧了心弦。

青狐站起身，小心翼翼地靠近着小青狐，尽量不发出声响，以免小青狐听到声音，猛然回头，乍一见到它而兴奋地喊叫，从而引发牧羊犬的警觉；只要不让牧羊犬听到什么，就不会招惹它们那利箭般的目光。

空旷的那拉提上一直奔涌着大风，早已将它俩身上的气味儿消解了；更何况，它俩已经两天没有吃到东西了，身上也没有那么大的气味儿；如此，便不会引致牧羊犬那敏锐的嗅觉；它只要能够悄悄地凑到小青狐的身旁，就可以带着它蹑足潜踪地安然返回了。

青狐一边在脑海中飞闪着各种念头，一边继续向小青狐靠拢。它不时地目测小青狐和牧羊犬之间的距离，越发感到，一旦被牧羊犬发觉，牧羊犬只需稍一发力，便能冲到小青狐的近前。

于是，青狐便愈发感到惊悸，紧张地思虑着：

就是自己要想摆脱牧羊犬的追击，都没有把握，而小青狐就更不行了。它还小，没有那么强的爆发力，更没有逃命的技巧，只能傻乎乎地任凭捕捉。

尽管它跟着自己、尾随着牧羊人家奔突了很远，已经有了一些脚力，可那只是寻常的跋涉，逃离于无形的瘟疫，这与从利爪下机动地逃生，完全是两回事。很可能在突如其来的扑咬下，只会惊慌失措地颤栗，甚至瘫软而迈不开脚步。

其实，牧羊犬本没有强烈的攻击性，不过，牧人已将它们训练得淡忘了本性。长期的训练，使得牧羊犬意识到，决不能被动地防卫，适时地主动出击，才是最好的卫护——只要威胁或陌生刚一临近，就得立即驱赶，不能等着它们的逼近，否则，很可能就来不及了。

而且牧羊犬本身就具有追逐、衔物的强烈欲望，虽然那只是它们的游戏，可一个弱小的生命，足以在那疯狂的游戏中丧命。

再加上牧羊犬健壮、勇猛，又异常聪颖，因此，在与凶猛的苍狼短兵相接时，都敢于拼死决斗，并且往往不会吃亏。

青狐曾亲眼见过，好几条牧羊犬与狼群遭遇时的凶悍和顽强，因而对牧羊犬一直心有余悸。

青狐的心如密匝匝的脚蹄在飞踏，同时，它离着小青狐也越来越近了。小青狐丝毫没有察觉，依然出神地望着羊圈。

青狐本想在轻声呼唤小青狐的一瞬间，迅疾地伸出右前爪，去压住它的脖子，并用左前爪捂住它的嘴，随即，严厉地向它使眼色；然后，带着它迅速地悄然返回。

但骤然间，它不得不惊叫起来，而且，还纵身扑起。

青狐如一道青色的闪电，劈到了小青狐的身边。它用头奋力一顶，将倏然间惊愕的小青狐掀得翻了个滚儿。

随即，一双利爪从天而降，刮着一股劲风，抓抠起了一大块儿草皮；草皮上还浸润着小青狐的体温。

原来，就在青狐靠拢小青狐的一瞬间，它骤然感到，自己和小青狐突然被一幅阴影笼罩了。它心中一惊，侧目一看，阴影之外，依然是寻常的明亮，就像是黑色的扇面猛然将浩瀚的光亮压住了一小片。

几乎与此同时，一股劲风袭来，裹旋着刺鼻的腥气。青狐心头一寒，便电光石火般地跃起，猛力将小青狐顶翻到一旁；它自己也顺势扑倒了出去。

当它的目光随着那双已然腾起的利爪向上斜望时，只见半空中盘旋着一只凶猛的大雕。

5

太险了！倘若此时，青狐母子依然在梭梭林中，就不会遭遇这般凶险了——硬匝匝的梭梭枝，全都向空中斜刺着，羽翼宽展的大雕根本无法降落。

然而，当青狐清晨醒来，乍然发现小青狐不见了的时候，它早已跑到了牧羊人家的附近，青狐不得不追寻而来。

唉！这一下麻烦了！青狐连连暗自叫苦，它怎能贸然钻出林子！！

其实，小青狐起初钻出洞口后，只是在梭梭林中转圈儿，但是，它迟迟找不到任何吃食，这才蹿出了林子。

一进入苍茫的那拉提，方向感像是立刻被稀释了一样，小青狐不知道该去往哪里，因为，它不清楚在如此的浩渺中，哪里会有食物。这时，它便不由自主地想起了牧羊人的毡房和羊圈。

刚来到这里的时候，它随着妈妈伏在梭梭林外的草窝子里，遥望着牧羊人家搭毡房、圈羊圈，便牢牢地记住了那里的景象。任何事物，只要映入了乌妮格的眼帘，就难以忘却。

真让青狐猜中了，它之所以想起了牧羊人家，的确是因为，它跟着妈妈，在尾随着他们迁徙的途中，曾捡食过一块儿琥乳妲。那种美妙的滋味儿，简直难以言状，因而，在最饥饿的时候，它又想了起来。

于是，美妙的忆念便牵引着它，使它情不自禁地、飞快地奔到了距离毡房不远的地方。

可它毕竟是乌妮格，在心底天生就绷着一根底线，因此，它被牵系着，没有敢更加的靠近。它潜伏在毡房正前方的一块儿草洼中，悄悄地窥视着。

牧羊人巴雅尔和乌日娜给羊圈里抱了许多草，然后，进了毡房一直没有出来；他们的胡，阿木尔倒是出来过两次，每一次，都是给马头下的水囊里倒清水。

小青狐的眼珠儿咕噜噜地转着，但总也想不出，琥乳妲会被他们放在哪里。

可很快，它的视线就被三条牧羊犬牵引了，一时间，它甚至忘记了揣度琥乳妲的所在。

那三条牧羊犬，太奇怪了！

它们匍匐在羊圈外，各个都将前爪探进栅栏，小心翼翼地给三只不同的绵羊抓痒痒。它们各自倾听着自己抓挠的绵羊随之发出的声息，调整着前爪的速度、力度，时缓时急、时轻时重。

那三只绵羊都很老了，各自惬意地侧卧着，一边咀嚼，一边任由牧羊犬在自己的身上抓挠。

原来，这三条牧羊犬是亲兄弟，它们刚一落生，母犬就快不行了。乌日娜为了养活它们，就给它们分别认领了一个羊妈妈。

乌日娜抢在母犬闭眼之前，从它的乳房中挤出了一点儿酥恩（蒙古语 奶水），然后奔入羊圈，抹在了三只正在哺乳期间的母羊的乳头上；随后，她立即返身，将三条小犬轻轻抱来，分别放在一只母羊的腹下。

三条小犬懵懵懂懂的，几乎连眼都睁不开，它们一闻到妈妈酥恩的气味儿，便立刻吮吸了起来。

就这样，三条小犬都有着一个不同的羊妈妈。

乌日娜之所以没有把三条小犬寄养给同一个羊妈妈，是因为，羊妈妈还要哺乳羊羔，如果再同时负担三条小犬，那么它的乳房就会被吸出血来。

牧羊犬长得很快，早已不再吃羊妈妈的酥恩了，可它们依然经常趴伏在自己妈妈的身边，给妈妈抓痒痒。

绵羊的毛浓密而卷曲，时常会有虱子钻进去取暖、吸血，因此，牧羊犬总是给妈妈清理。

慢慢地，三个羊妈妈都老了，不能再生育，也就没有了酥恩，于是，巴雅尔那定期巡视的目光，便绑缚在了它们的身上。白节（蒙古族的节日，类似于汉族的春节）前，巴雅尔将它们牵出羊圈，要逐个杀掉。

三只母羊多次见过同伴被宰杀，因而，当巴雅尔一拔出蒙刀，它们就知道，要大祸临头了，顿时，全都惊恐地哀嚎了起来。

就在这时，三条牧羊犬齐刷刷地跑来了，分别挡在自己妈妈的身前，冲着巴雅尔“呜呜”地哀叫。

但巴雅尔一直不肯放下尖刀。这三只绵羊都已老了，如果再不杀掉，今后，还慢说吃肉，就连毛都会枯萎脱落，那就白养了。要知道，羊可是牧羊人家最大的财富。

牧羊犬们纷纷跪下了，每一条都是满脸的泪水；其中的大犬，甚至还爬到了巴雅尔的脚下，蹲坐着、扬起脖子，抖瑟瑟地对着寒光熠熠的刀尖。

巴雅尔看见，它的胸膛在剧烈地起伏，几乎就要炸裂！

突然，乌日娜冲上前，一把夺过巴雅尔手中的尖刀，扔到了一边；继而，她蹲下身，一把抱住大犬，深深地啜泣着。

巴雅尔万没想到，大犬竟抬起双爪，轻巧地拭着乌日娜面庞上那扑簌簌滑滚着的泪水……

母羊们终于得救了，又都回到了羊圈。它们瘫软在地上，依旧瑟缩在颤栗中。牧羊犬们围拢过去，又将前爪伸进栅栏，给自己的羊妈妈抓挠脊背，但这次不是挠痒，而是抚慰……

事后，乌日娜告诉巴雅尔，牧羊犬是犬族中最聪明的，一只成熟牧羊犬的心智，相当于一个六七岁的超宝德格金（蒙古语 聪明宝宝），所以，它很懂感情，也最通人性。

小青狐哪里知道这些，它只是觉得，牧羊犬们的举止好稀奇。

就在小青狐纳闷儿的时候，青狐已渐渐靠近了它。要不是青狐及时赶到，它定然会被大雕掠去。

三、碧血四溅

1

青狐带着小青狐与大雕周旋了很久，因为乌日娜的出手搭救，青狐和大雕的惨烈搏杀，它俩侥幸脱逃了。

那拉提今冬的第一场雪下得很大，它们一滚入雪地，便蓦然成了白狐。

此时，白狐正直直地蹲坐在地窝子里，一动不动，心悸地凝望着外面雪地里的母狼。

母狼久久地伫立着，丝毫没有察觉到来自于左后侧那长久盯视着自己的目光。它一直在遥望着狼群。

尽管它早已看不见哨狼的背影了，可哨狼的身姿，却在它眼前愈发清晰。它不知道，自己失神了多久。

蓦然，几声狞厉的枪声，令它惊醒了过来。它那竖立着的、尖尖的耳朵，竖得更直了，紧邦邦的，几乎就要撑裂。

紧接着，它依稀听见了一声痛苦的呼唤，于是，它的心便骤然高悬了起来，悬得让它自己都感到惊心。

虽然它乍然听到的呼唤声很模糊，但却一直在它耳畔萦绕，并很快变得越来越真切。它想，哨狼可能已经倒下了。其实，哨狼不是被枪打倒的，可它却将枪声与呼唤声重叠在了一起。

它拼命地睁大眼睛，几乎目眦迸裂，但却什么都看不清了。它又赶忙紧闭眼帘，挤出了汩汩的泪水，竭力地眺望着。

远处的影影绰绰，像是在被狂风撕扯着，摇来晃去。

也许，它并没有死，还在厮杀，或者正在挣扎……挣扎？我要去救它！去救它！！母狼的心，怦然鼓胀了起来。

然而，它刚要纵跃，却垂目看见了脚畔的两只小狼，它俩正“吱吱”地欢叫着，在松软的雪地里笨笨地打着滚儿。

母狼的心又忽地沉了下去。它俩怎么办？

顿时，母狼吞咽起急促的呼吸。自己一旦离开，如若凶险袭来，它俩……可要是守着它俩，怎么去救它？兴许，现在还来得及，但若是再迟一步，可能就再也无可迎接了！

母狼惊慌地环视着，想用急促而劲力的目光，将隐藏在四周的凶险一举荡平；然后赶紧去驰援哨狼。

它扫视了好几圈儿，四周围都是白皑皑的，并没有发现什么，它的心稍稍安稳了一些；紧接着，它的目光便弹跳到了不远处的一架货鞍上。

那货鞍正是在白天时，乌日娜为了搭救白狐母子，纵马驰骋前来安放的。随后，两只白狐就倏然钻到了货鞍下，躲藏了很久。

尽管大雕凭借着凌厉的俯冲、鼓动着宽大的右翅、最终将货鞍击倒了，可一时间，它的翅膀僵硬在了剧痛之中，这便大大延缓了它袭掠的速度，从而为白狐母子的脱逃赢得了时机。

母狼仔细打量了一番货鞍，又回头向身后狠盯了几眼；继而，回转目光再次朝两侧扫荡；随后，它使劲一按四爪，腾身而起，几个箭步便纵到了货鞍旁。

那货鞍，就像一个侧倒着的、大大的“n”，僵卧在被寒冷的月光涂抹得一片凄迷的雪地上。它的一侧革板着地，另一侧凌空的革板上覆盖着厚实的积雪，如此僵持着空荡荡的开口。

自打乌日娜将它抛到了这里，他们一家人尚未来得及再想起它。

他们先是沉浸在被大雕和天狐激荡起的惊愕与震撼中，乃至连料理篝火都没有了精力；之后，又被凶悍的狼群裹旋；他们哪还有顾及货鞍的心思。于是，它便只能孤零零地一直侧翻在雪地中了。

母狼围绕着货鞍转了几圈儿，进而扑起身，用两只前爪将翘起的革板使劲向下一压，货鞍便跨立在了雪地上；接着，它在货鞍下钻进钻出，像是在探测着什么。

片刻后，它总算释疑了，便返身回去，将两只小狼先后衔来，安顿在了货鞍下。继而，它深深地望着小狼们，伸出湿热的、长而宽的舌头，分别舔着它俩那柔软的身体。

两只小狼感到身上酥酥的、暖暖的，便都舒坦地展开四肢，让那惬意的暖流涌遍全身。

母狼缩回舌头，叹息了一声；又伸出右前爪，分别抚了抚它们；然后，一转身就要离去。

这显然让小狼们觉得意外，它俩本以为妈妈会一直这样舔下去；它俩怕妈妈离开，便连忙钻到它的腹下，嗅着那干瘪的乳房。

母狼已经等不及喂它俩了，而且，它已经没有了奶水。其实，在跟随群狼出发前，它已喂过了它俩，直喂得自己感到生疼。

它知道，小狼们吸出来的——是血。

整个狼群断食好几天了，幸亏狼王瞅准了机会，率领群狼前去扫荡；等哨狼拖回羊来，让母狼饱餐几顿，它的乳房很快就能鼓胀起来，小狼便可以继续得以酣甜的滋养。

哨狼？！母狼猛一激灵，断然一横心，低嗥一声，冲向了远处黑暗中的狼群。

可刚奔出不远，它又蓦然回首，望了望货鞍下那朦朦胧胧中的两只小狼。它能深切地感觉到，它俩正萌萌地望着自己，盼望着自己和哨狼赶紧返回，好衔着它俩一起回家。

终于，母狼潜入了那在雪地上隐隐浮动着的、如薄雾般的、淡蓝色的月光中。

2

白狐浮了出来，宛若月光里的一抹幽灵。

它一身银白，坐立在白茫茫的雪地上，引颈仰望着惨白的月亮、寒凉的星汉；它圈着嘴巴、深深地吸气，继而又重重地吐出；于是，它的鼻口处，便缭绕着团团白气。

这神情、这景象，真如传说中的那样——

白狐，时常在月夜中隐现。它端坐在夜空下，一边长久地仰望着，一边长长地吸摄着月精星华；然后将精华蓄积在尾部。它吮吸的精华愈多，尾巴就愈是粗大；渐渐便成了精灵。

白狐又总是在幽寂中，隐身或浮现，幽然得毫无声息，所以，它又是幽灵。

雪地上的这只白狐，也正如幽灵一般。

它隐藏在地窝里已经许久，一直屏声敛气，憋闷得实在窘迫。好在母狼业已远去，它便悄然冒出，坐直身，在深呼吸中好好舒缓了一番。

一经气定神宁，它便幽幽地走近货鞍、幽幽地钻进去；那幽幽的目光，在酣睡着的两只小狼的身上，结起了一张幽幽的网。

它之所以如此悠然，是因为深夜里，它的目光极亮，视野很是悠远——

它看见，那母狼已经在雪蒙蒙中，全然陷入了血蒙蒙的混乱，一时半会儿无法抽身；而且，它瞄得很清楚，小狼笨笨的、憨憨的，还不会跑；它俩在货鞍下嬉戏了一阵后，紧紧挨在一起、头抵着头，已酣然入睡；这便足以让它慢悠悠地、自自在在地品味。

白天，它一直在仓惶逃命，它觉得那种令它几乎窒息的惊恐，自己实在是受够了；现在，它总算可以换一种心境，来细细地品尝血腥的恬静。

白狐知道，群狼也是从宁静中出发，正在牧羊人的毡房前，搅动着血腥。牧羊人家的女主人救了它们母子，它自然很感激，可对于他们正在经受着的、凶烈的冲击，却无能为力；同时，它又很羡慕狼，敢于横冲直撞、悍烈拼杀。

不过，它很明白，自己不是草莽中的强悍，只能机敏、灵巧地活着；然而，那机敏、灵巧又必须倚靠着凶残。

当然，行使凶残，还得需要机会。

白狐猜不透，那母狼为什么会撂下小狼，突然急匆匆地奔离。难道它是饿极了，已难以自持？但不管怎样，这却给白狐留下了机会。

于是，它便机敏、灵巧地张牙舞爪了。

两只小狼先后猛然感到一阵刺痛，奶声奶气地呻吟了两声，拙拙地抽搐了几下，就什么都不知道了；而且，永远也不会再知道什么。

它们从来到这个世界，直至离开，太匆忙了，还没来得及长大，更未来得及去凶猛地冲锋、勇烈地厮杀，哪怕像哨狼一样喋血沙场，就在撕裂中夭折了。

当然，在瞬息万变的大自然中，所有的归宿都显得那么无常。

白狐虽然被认为是长生天的精灵，可也挣脱不开那神秘莫测的无常的算计，无可奈何地任由沉浮——不消多久，它和小白狐就得继续颠簸在奔逃的险途中。

奔离前，白狐总算捕捉到了猎物——两只幼小、柔软的小狼。

小狼们在酣眠间，曾被白狐端详过好一阵。

它们的耳朵尖尖的，就像春天里那刚刚破土的笋尖；它们脸上那细细的绒毛，柔柔的、软软的，颇有好梦的质感；它们的鼻尖黑漆漆的，显得很是俏皮。

两只小狼的躯体都圆嘟嘟的；尽管母狼很消瘦，但却一直硬撑着干瘪的乳房滋养着它俩，哪怕有时让它们嘬出血来。然而，母狼刚离去不久，它的小狼的肢体，就被从毛皮中撕扯了出来。

母狼不可自抑地违背了它们部族的规则——不要轻易地离弃守卫的职责，因为自己的眼睛并不可信，看到的往往是假相；真相隐藏得很深，并且，总是埋伏在意想不到的地方。

白狐叼着一团儿血糊糊的肉坨儿，从货鞍下钻出，又钻进了地窝；另一团儿，已经粉碎在了它的肚子里。

它所踩踏过的雪地上，淋漓着星星点点的暗红色，从而拖洒出了一条存亡的通道。一端是地窝，里面的小白狐，正在妈妈爱怜的目光下，贪婪地咀嚼着；另一端是货鞍，下面僵卧着两张带血的小毛皮。

那架货鞍可真是神奇——

白狐母子因为它的庇护，而逆转了命运、得以新生；母狼将小狼安顿于它的下面，也是在寻求庇护，却成了噩运、惨遭横死。看来，这货鞍可以吞吐生死，任意造化。

货鞍怀揣着生死难测的神秘，突兀地跨立在迷茫的雪地上，沉默地凝望着两只白狐的背影。但是转瞬间，它们便飞逝了，任凭货鞍去揣度它们今后的命运。

这时，晨曦微显。

白狐没有再进入梭梭林，而是带着小白狐远去了。

其实，深夜中，它在地窝子里一经窥见狼群，就已打算伺机远遁。它清楚，这一带，一旦出现了狼的踪影，便永无安宁，它们随时都会闪现在自己的身后。

何况，它和小白狐又吞噬了小狼，那就更得逃之夭夭。它明白，狼很记仇。

然而，它不知道带着小白狐该去往哪里，尽管它俩一直在奔跑，就像是在它想要逃离瘟疫之地的时候，都得尾随着牧羊人家，从而任凭别人的牵引。

的确。

白狐虽说是精灵，却从不知晓自己要到哪儿去，只是走走停停、起起伏伏。所以，不管到了何处，都不是终点，它永远都得投向下一个地方，始终坚韧地漂泊在无名之中……

3

那拉提的上空，早已没有了大雕那雄劲的盘旋、悠远的长啸；枯涩的草地上，也消失了白狐银亮亮的身影和它们那美丽中又浮动着凶厉的眼神，可是，那拉提并没有沉静下来，依然在碧血四溅的喧嚣中动荡。

狼群还在勠力围攻，牧羊人家仍在奋力反击，双方苦苦地僵持着，都在焦灼地寻找着对方的疏漏——哪怕抓住一丝裂隙，便能够令对方溃败，这就像厚雪压坠下的梭梭枝——

积雪只要稍稍消融一些，弯垂的梭梭枝便可倏然反弹，立时抖落余雪，挺身而起，继续支棱着睃瞄天宇；抑或积雪结冰，继续压迫，直至压榨出梭梭枝最后的呻吟，令它们筋疲力尽，而“嘎嘎”折断。

牧羊人与群狼，就是在这样较量着，都在焦急地寻找着打破胶着的契机。

牧羊人很清楚，若是和狼群一直耗下去，自己最终会抵挡不住；他们眼看着，群狼的血性已在激战中全然爆发，张牙舞爪、左冲右突，无不凶猛；而要想一举击溃狼群，就只能瞅准时机，射杀狼王！

当然了，擒贼先擒王！

然而，尽管阿木尔目光炯炯，视线在狼群中飞速地穿梭，却迟迟找不到狼王。

虽然巴雅尔在厉声喝喊“藏在最后面、发号施令的那只！”，可令人眼花缭乱的狼身交错，将狼王的身影摇曳得闪烁不定，使得阿木尔的目光四处游移，一时无法将狼王定格。

就在阿木尔焦躁之时，一只健硕的雄狼，猛然跃入了他的眼帘，立刻就被他死死地盯上了。他觉得，那一定是狼王。

那雄狼亢奋地竖立而起，雄浑地嗥叫过几次，俨然是在急促而威严地督战。

阿木尔连忙冲它张弓射箭。雄狼似乎早有防备，略一闪身，便避开了；随即，它又长嗥一声，仿佛是在讥笑。

很快，阿木尔便知道了它为什么讥笑。

原来，它只是狼王的替身。突然间，它在狼群的后面抛头露面，进而，又大幅度地闪展腾挪，鹤立鸡群般地故意招眼，正是为了牵绕牧人的注意，从而迷惑他们。

而真正的狼王，已然率领着几只雄健的苍狼，压低身形、贴着地皮，蹑足潜踪地转到了毡房的背后。

狼王是要在牧人的身后，发起闪电般的偷袭。可是，它并没有急于发动，而是悄无声息地匍匐在地上，专注地窥视着牧人们的背影。

他们的确太勇猛了，这既在它的预想之中，又在它的意料之外；尤其令它感到意外的是，这家的女主人尤为悍烈。

她凭借着三条牧羊犬组成的跌宕起伏的防线，有节奏地抽甩着长鞭，这样不仅能节省体力，而且杀伤力极大；特别是，她还总借着甩鞭的余势，不时回目寻望，提防着自己的后方。

狼王和它率领的尖兵，是趁着乌日娜正面御敌和侧目回望的几个间隙，潜行到毡房后侧的。

狼王命令身旁的苍狼们默默地趴伏，耐心地等待；等待着这家女主人在越战越勇中，更加聚精会神于前面，从而无暇后顾。

同时，它们的隐忍，也是为了避免惊扰那拴在马槽边的辕马；倘若被辕马察觉了自己的声息，它们乍然失声，牧人们立刻就会惊觉，那么狼王的企图势必落空。

为了围攻牧羊人家，狼王投入了大部分兵力，因而，它只带着几匹苍狼，隐秘地绕到了后面。所以，偷袭必须得一蹴而就；否则一旦被看破，那少年只需回身几箭，便能将它们射散，那么，前面的群狼就只能继续强攻；可强攻已处于胶着之势，难以迅速突破。

狼王的盘算很快便如意了。

乌日娜果然愈战愈勇，逐渐兴奋到了极点。尽管她曾不时回目，监视着身后，但一直没有瞥到过什么动静，便渐渐落下了心思，只是一味地观望眼前。

前面的群狼，虽然还在奋声咆哮、上蹿下跳，可不再像方才那样死命冲突，大有围而不攻之势。

自然，这是狼王的刻意安排，以便声东击西。而乌日娜却误以为，群狼的攻势已成了强弩之末，因而，不免心生轻慢，便越发只顾眼前，总想着一鼓荡平。

乌日娜中计了。

狼王咬紧牙关，一声不发，骤然蹿起，猛扑上前；随即，它身旁的苍狼们也纷纷扑跃。

乌日娜猛听得身后的辕马突然“咴儿咴儿”地嘶鸣，不禁心中一惊，蓦然回首；只见几条黑影已迅疾地掠过马槽，电光石火般地纵入了羊圈。

糟了，前功尽弃！乌日娜的心顿然一寒，又陡然一沉，只觉得周身“唰”一下渗满了米粒儿。果然，转瞬间，羊圈便炸开了锅。

群羊都在抖瑟瑟地一直看着主人和群狼鏖战，本已惊恐不已，倏然间，又闯来了几匹高大的凶狼，顿时混乱了起来。

它们惊嚎着挤在一起，如洪涛海浪，澎湃汹涌。那被牛皮绳圈儿捆着的栅栏，猛然丧失了平日里的坚固，“哔啵”挣断了。

羊圈一经崩散，狼王与苍狼们便暴戾地横冲直撞，恣意地扑咬、撕扯，可谁也不大快朵颐。

显然，狼王是要将羊群扫荡得更加杂乱，让群羊连滚带爬地冲垮牧人的阵脚，好迫使他们无可奈何地撤离；那么，群狼便能肆意地逐个捕捉臃肿的绵羊，牟取冬天里的第一个大捷。

果遂狼王所愿。

群羊一窝蜂似的、蠢笨地仓惶逃命，顷刻间，便如惊涛骇浪，将主人涡旋。它们惊悚地向主人围拢，本是为了寻求庇护，可却将主人们冲撞得东倒西歪，站立不稳，立时，阵脚大乱。

更糟糕的是，由三条牧羊犬绷出的防线，也截然断裂。它们都已卷入羊群，分别和在其间蹿腾的苍狼捉对儿厮杀。

当然，卫护羊群是它们的职责，它们应当义无反顾；不过，它们为了营救各自的羊妈妈，已然四散而开，径自单兵作战，因而，立刻便被分隔、牵制了。

尽管它们依然在勇猛地苦战，但已顿失组配时的锐利，无论是攻击，还是周旋，力度都已被大大的削减。

一经缺失牧羊犬的协力所予狼群的牵扯，再加上羊群又冲塌了抵御的阵脚，牧人们已无力回天了。于是，乌日娜只得抖声断喝道："快走！"

说着，她一狠心，扭转鞭向，着力抽打起了群羊，勉强撩开了一条缠裹着声声惨叫的血路。

"羊怎么办？！"阿木尔心疼地呼喊。

对于牧羊人来说，羊群是最大的财富。

"只要能上马，什么都会有的！"巴雅尔说着，打了一个响亮的呼哨，催促牧羊犬立即脱身，前来护行。

说话间，他们已扽开马缰，各自跃上了马背；旋即，一部分苍狼扑到了跟前。

乌日娜急忙挥鞭，奋力舞起霹雳似的鞭影，巴雅尔把宽背蒙古砍刀抡得滚圆；他俩将不时弯弓射箭的阿木尔遮护在中间，一边阻隔着苍狼的围攻，一边急迫地等待着牧羊犬赶紧突围，与他们汇合。

然而，三条牧羊犬都没能突围，分别倒在了自己羊妈妈的身边。

4

羊妈妈们都已老迈，刚被涌出羊圈，就纷纷栽倒了。瞬息间，一只只铁爪撕裂了它们的胸腔；旋即，浓浓的鲜血便在它们那毡片儿般的皮毛上板结了。

牧羊犬们眼看着羊妈妈们倒在了三处，顿时目眦迸裂，可谁也抽身不得。

前面的群狼已扑卷而至，将它们隔离、围裹，并死死地纠缠，因而，它们都被困在了围斗之中，只得瞻前顾后，远没有先前那般灵活自如了。

此时，牧羊犬们均已无心恋战，都在迫不及待地、朝自己的羊妈妈身边靠拢。它们前抵后挡，左冲右突，好不容易冲到了各自羊妈妈的身旁，却已无法营救了；羊妈妈们都已不再抽搐。

这时，它们倘若及时突围，凭借着余勇之威，或许还能杀出一条血路；可是，它们只是一味地奋力周旋，迟迟不去冲突，造成了三个包围圈越来越密、收缩得也愈来愈紧，从而最终失去了突围的机会。

原来，它们迟迟不肯突围，是因为它们都在围着羊妈妈的躯体转来转去，一边抵挡或反击，一边阻挡着群狼的铁蹄在羊妈妈的身上践踏。如此，它们很快就处于了下风。

是啊，既要招架强敌，还要遮护妈妈，焉能不吃力！

片刻后，它们便纷纷遭受到致命的重创，先后倒在了自己羊妈妈的身上或身旁。

最先倒下的是三犬，它扑伏在了羊妈妈的身上。

它的前肢直直地伸展着，遮护着羊妈妈的脸。但是，它只剩下了左前爪，右前腕儿裸露着白森森的骨茬儿。

接着，二犬也栽倒了，跌落在羊妈妈的头前。

它的身体抽缩着，嘴上满是血泡儿；它已不能呼吸，只是在痛苦地捯气儿。血泊中，它艰难地翘起尾巴，搭在了羊妈妈的前腿上；在咽气前，它拼尽最后的气力，绞动着尾巴，终于缠绕住了羊妈妈的前腿。

大犬是最后扑倒的。它侧卧着，与同样侧卧着的羊妈妈面面相看。

大犬的眼睛圆圆地睁着，眼窝中还有残泪，这使得它的双眸亮晶晶的，显影出一个年轻而俊美的羊妈妈，在轻轻地撩动着柔软的舌头，抚着小狗脊背上那纤细的绒毛……

…… ……

乌日娜眼睁睁地看着牧羊犬们纷纷倒毙于羊妈妈的身旁，只觉心中一股寒凉，继而，又是一阵滚烫；她的眼帘倏然湿润了。

但是，她却不能去解救牧羊犬。

她很清楚，他们骑着辕马，一旦裹入混乱不堪的羊群、狼群，势必施展不开，那么立刻就会被卷住；再想脱出，必将非常困难。

而群狼则会疯狂地寻仇，近身围攻之中，坐骑一经受伤、甚至栽倒，那他们霎时便会陷入死地！于是，她只得一咬牙，双膝狠狠地一夹马肚，驰马奔离。

乌日娜凶狠地抽甩着长鞭，猛烈地轮番抽打着围堵在前方左右两侧的苍狼；胯下的辕马飞踏着铁蹄，辟出了道路。

阿木尔紧随其后，双股驾骑。他左手托弓，右手频频地拉放弓弦，不住地左右扭身，绷发着“嘭嘭”的怒响。

眼下，他已来不及箭箭施射，只能迸射空弦，威吓苍狼。果然，每一声响，都激得两旁的苍狼要么惊然伏地、要么惶然飞躲。

巴雅尔身背长枪断后，他“呼呼”地缭绕着一团团刀影，迫使追咬的苍狼无法近身。

通常，只要能够掠夺到家畜，狼一般不会刻意伤及牧人，可这家牧人却打伤或打死了不少狼，群狼必须以牙还牙。

时下，狼群业已全然控制住了羊群，一只只活着的绵羊，全都瘫软了，只知挤缩在一起、绝望地哀嚎。于是，狼王只留下了四只雄狼，分为四角进行把守；而它则声声怒啸着，指挥着群狼围击牧人。

然而，群狼经不住鞭挞、弓鸣、刀劈，以及怒马的冲击，少顷，包围圈便开裂出一大片缺口；它们只能眼巴巴地看着牧人们飞马而去。

很快，他们上了马道，纷纷勒住马，稍稍透口气。

这时，天光大亮，茫茫雪地铺展在浩茫的长风之中。

阿木尔悲愤地回望着远处的一片狼藉，向乌日娜问道："额吉，我们不要家了吗？"

"那不是家，只是毡房、羊圈！不要了！"乌日娜愤愤地说，"被狼践踏过的东西，太腥气！恶心！"

她知道，此时，群狼定然已闯入了毡房，将里面撕搅得稀烂。

"那我们可怎么安家呀？"阿木尔忧郁地问。

虽然他还是个少年，但已深深地体味到了牧人生活的艰辛。眼见着一个殷实的家，经过艰难的跋涉，好不容易摆脱了瘟疫刚刚安稳下来，却在一夜之间破碎了，怎能不令他备感凄凉？

"小小年纪，怎么这么恋家！"巴雅尔愤然道，"马背就是家！走到哪里，就在哪里安家！"

巴雅尔很担心阿木尔贪图安稳的日子。当然，谁都希图安稳，可是，谁都不知道将会遭遇什么，因此，必须得有随时跋涉的心理准备；而一旦眷恋安稳，必将软化斗志。

要知道，马背上的人家，真正依靠的不仅仅是骏马的脚力，更是自己的心力！

"可我们现在去哪儿？"阿木尔迷茫地望着无际的远方。

“北部塔拉！我们现在一身轻，去得了啦！”巴雅尔已然想好了。“去找我们的邻家！”

“先找些吃的！驾——”乌日娜扬鞭策马。

马蹄“噗噗”地飞踏着厚实的积雪，疾速远去；牧羊人的身影，融化在了猎猎西风之中……

他们身后，有两幅看不见的帷幕，在摆荡着徐徐合拢；终于，将他们那在多年的岁月中渐渐饱满起来的家，永远闭在了河西的那拉提上；继而，又渐渐地被岁月埋葬……

但是，这片那拉提，并不会因为这家牧人悲愤地离去，而沉寂下来。在这汪辽阔而又迷蒙的空旷中，时时都在迸溅血泪、激荡着爱恨情仇，从而让这片坚硬而厚重的那拉提感到颤栗！

就在无法停歇的、剧烈的颤栗中，又穿刺出了一声声孤狼的哭笑声。

那音声，时而一丝丝、时而一缕缕、时而一片片，仿佛丧礼上，那在半空中飘忽的白幡。

四、大雕追袭

1

牧羊人家终于消失在了那拉提的尽头，但他们一直沉浸在震撼之中——这不仅仅是缘由昨夜与狼群的鏖战，同时还因为，昨天，他们眼睁睁地看着乌妮格和大雕在雪空中的搏击。

蒙古高原上的人都知道，那种能变色的乌妮格是天狐。

蒙古高原上的人都知道，天狐是长生天的精灵，大雕是长生天的骄子。

天狐和大雕在天宇中的搏杀，足以令巴雅尔一家永生难忘……

在下雪之前，那乌妮格依然是青狐。当它把小青狐猛力顶开、自己也趁势扑闪开去的一刻，它下意识地向空中斜望，它那刚刚吸摄过强光的眼睛，瞬息间，便将大雕扫描得异常清晰。

那大雕脑顶上的绒毛，是金黄色的，好似一顶金质的王冠；浑身的羽毛是深褐色的，仿佛一袭威严的王袍。

它苍劲地扇动着双翅，整个身躯舒展在浮云之下，显露着腰际间裹缠着的、一圈儿玉带似的白环；它的双腿是金色的、双爪是黑色的，就像穿着一双黑底儿的黄金长靴。

大雕震颤着宽展的翅膀，缓缓地盘旋着，寻找着再次俯冲的时机与角度。它知道，一抓不准，继而，就得费些气力了。

的确。

大雕的身躯硕大而健壮，双翅长而宽，一经振翅，翼展的幅度足以遮盖一片云天。它在长空中翱翔时，甚为潇洒；在迅猛俯冲时，更是雄劲；但在下冲后、重新起飞之际，就没有那么灵活了。

就在大雕将身形舞起、在空中盘桓伺机之际，青狐甩动长尾，使劲扫了扫小青狐，然后，冲着梭梭林的方向狠狠地嘶喊；进而，它带着小青狐朝梭梭林疾驰而去。

它明白，一旦钻进梭梭林，大雕就无可奈何了。林木全都向空中支棱着，林间也没有开阔地，大雕根本无法下降。

但是，青狐更清楚，无论它俩在那拉提上跑得多快，都不如大雕一展翅的速度。于是，它一边奔逃，一边频频地回头，向空中睃瞭。

大雕已经调整好了姿态，准备着随时俯冲。

青狐急忙垂下目光，又慌忙回头，朝身后的小青狐尖叫了几声；紧接着，便跑起了“S”形。

它知道，只要不跑直线，大雕就不会轻易下爪；即便下爪，也难以一抓而中；它要想再次俯冲，又得继续起飞，那还得费些工夫。因此，只要能够抓住几个空当，自己就能带着小青狐奔回梭梭林。

然而，小青狐从没有见过妈妈跑“S”形，因而，不解妈妈嘶鸣的意思；而且它觉得，妈妈大幅度地拧来扭去太费劲，所以，它一直跑着直线；并且，它还老是在妈妈扭动时，奔到妈妈的身侧，总与妈妈撞在一起。

就这样，青狐和小青狐每跑几步，就都踉跄一下；然后，再重新调整步伐，发力提速；这便延缓了奔跑的速度。

空中的大雕看得异常清楚。它长啸一声，闪电般地俯冲下来；而且，左爪对着青狐，右爪冲着小青狐。

就在这千钧一发之际，一匹骏马倏然从大雕的身下一掠而过，朝着青狐母子的背影冲去。

马背上，伏坐着牧羊人乌日娜。她左手持缰，右手紧搂着一架“n”形的货鞍；货鞍的开口，从她两腋下穿过，货鞍两边的革板，夹着她身体的两侧。

她双脚踩踏着马镫，双膝的内侧频频地磕碰马身。她的双手都被占着，无法扬鞭，只能这样策马了。

骏马奔腾着，风驰电掣地追赶青狐母子，恰好挡住了大雕俯冲的线路，并令大雕顿然一惊。大雕猛然下压尾羽，又奋力一仰头，双翅相向鼓动着，再一次缓慢地拉起了身形。

等它在空中盘旋了两圈儿、调整好身姿后，分明看见骏马已超过了那两只青狐。

乌日娜将套在身体两侧的货鞍取了下来，随即，向骏马的右翼一侧身，把货鞍撂在了草地上。

“n”形的货鞍侧倒着，一面革板伏地，一面革板悬空，使得开口在空荡荡的颤动。

旋即，乌日娜一拨马头，又向货鞍冲来。刚一靠近，她疾速地一探身，伸手将悬空着的革板一按，货鞍便开口着地，跨立而起；随后，她从怀里拽出短鞭，扬鞭策马，飞驰而去。

大雕又俯冲了下来，它那钢钩般的硬喙发出长长的尖啸。但是，它的双爪又落空了。

青狐母子已经钻进了货鞍，藏起了身形。

货鞍是牧人常用的家什。乌日娜一家在迁徙前打点行装时，货鞍就被派上了大用场。

乌日娜和巴雅尔、阿木尔合力把毡房收拢，几经折卷，安放在头前的马车里；继而，再将其他粗重的家当、柴草等，分别安置在后面的两辆马车中；接着，用能够防雨的厚牛皮毡分别将三辆马车覆盖、封严；然后，又把轻、软的东西，特别是吃食，搁进六部大皮囊里，再把大皮囊两个一系，搭在马背上。

驾辕的三匹马，全都背负着货鞍，就像披着铠甲。

那货鞍是用厚而光滑的硬皮革制成的。它的顶部较长，正好能够盖住马的脊背；两摆很宽，完全可以罩住马腹的两侧。两部大皮囊用皮绳联结，往上面一搭，左右两边各坠着一部，既能使马儿在运载时，保持两侧的平衡，又可保护马背不被皮绳勒硌、马腹不被皮囊划碰。

青狐在从蒙东塔拉出逃前，曾经窥望过牧羊人家打点行囊，因而，它见过货鞍；当时，它绝不会想到，正是那厚重的货鞍，如今，拯救了它和小青狐的性命。

2

不知怎的，浩荡的大风突然停了。天地间，阴暗了起来。天宇已然褪去了瓦蓝色；云更浓了，湿漉漉、沉甸甸的，显得十分灰暗。

不一会儿，下起了鹅毛大雪。浓密的雪花翻卷着，扑撒在一望无垠的那拉提上。初冬的第一场雪，就在大雕苍劲的盘旋下、一声声刺透苍穹的长啸中到来了。

青狐那剧烈的喘息已经平息了下来，可心头依然在激跳。它蜷伏在货鞍下，习惯性地将长尾圈在身侧；小青狐卧在尾圈中，贴着妈妈的身体，颤栗地呆望着拱形鞍沿儿外的大雪。

刚才的情势真是太悬了！要不是那横空突现的货鞍，青狐母子定然罹难！唉！小青狐如果懂得跑“S”形，兴许它俩现在已经钻入了梭梭林，回到了岩洞里……

青狐感到了小青狐的颤抖，便侧屈着、扭头舔了舔它。青狐不忍心责备惊魂未定的小青狐，它小时候也是这样。

青狐一边轻轻地扫着毛尾，抚慰着小青狐，一边望着货鞍外那迷蒙的大雪，双眼渐渐地迷离了……

在它小时候的一个初冬，有一天，大雪初霁；它和妈妈一跳到雪地里，身上的皮毛倏然间就变成了银白色，于是，它们便都成了白狐。

那天傍晚，它跟着妈妈，奔跑在鹅黄色的夕阳下；不久后才知道，那是它最后一次跟随妈妈了。

一只从北边飞来、向南迁徙的大雕，忽然袭掠而下，妈妈带着它拼命地奔逃。

它不知道妈妈怎么了，总是拐来拐去，很费气力。它“吱吱”地叫着，直直地跑着，老是撞到妈妈的脚下。

陡然，妈妈打了个趔趄，慌忙回头睃瞭，只见大雕又俯冲而来。

妈妈长唏一声，双眼突然间变得血红；继而猛一抹身，它调转方向，朝着俯冲的大雕而去。

大雕用尖利的双爪，抠住妈妈的脖颈，振翅高飞；妈妈垂吊着，迅速地腾空。

它嘶喊着，一次次扑起，但妈妈却离它越来越远了。

妈妈在空中将身体来回扭动着，迸发出最后的气力，嘶叫着：“吱——！吱吱——！！吱吱吱——！！！……”

它终于听懂了，妈妈叫它不要跑直线，要跑曲线……

它绷紧后腿，“唰”一下站立而起，两只前爪死命地向空中抓呀抓……

深褐色的大雕，抓着一只雪白的母狐，在鹅黄色的夕阳下盘飞着，整个蒙古塔拉都看到了……

转瞬间，大雕变成了一个黑点儿，白狐也消失了；可是，它却分明看见了妈妈脸上那晶莹剔透的、凄美的笑容……

从那后，它再也没有听到过妈妈的声音。但有时在梦里，妈妈那嘶鸣声会浮现出来。不过，那声音总是很柔和，仿佛歌唱一样……

每每醒来,它都是泪流满面;它知道,那是妈妈的绝唱……

青狐感到，泪水又爬满了自己的面庞，它赶紧闭上双眼，深深地喘息着……

3

大雕仍然在漫天飞舞的大雪中盘旋着，那拉提俨然成了无垠的雪海，但它不甘心离去。它长久地鼓舞着宽大的翅膀，在货鞍的上空徙倚，任由洁白的雪花绽放在自己的脊背上。

早该南徙了，可它的两只小雕，还不能长途翱翔，它必须得给小雕们带回去一些食物；再过几天，两只小雕的翅膀就会硬朗了，那时，它们一家就能一起飞离这漫长的寒冬。

所以，它必须得在盘飞中等待，等待着两只青狐从货鞍下钻出来。

但是，青狐母子是在货鞍下匍匐着的，而且，它们的忍耐力比狼还要持久；而大雕在空中却不能停歇，渐渐地，它感到翅膀沉重了起来。

然而，在浩瀚的荒凉中，它别无选择。

尽管它冒出过一个念头，想转向飞临毡房旁的羊圈，飞掠一只羔羊，可那里的阵势，令它根本无法靠近。

就在它刚一闪现的时候，毡房外的三条牧羊犬，已分别贴近了羊圈，成“品”字形守卫着。不管它从哪个方向俯冲，都会遭到来自三个角度的猛烈扑咬；而且，牧人们还各自握着火枪、弓弩、长鞭，在严阵以待。

其实，塔拉上的牧人或猎手，一般不打雕和鹰，它们是塔拉人的图腾——人们都知道，它们是天之骄子。因而，巴雅尔和阿木尔只是在虚张声势，以震慑阻拦着大雕。如果，大雕真要飞掠，他俩也只是放空枪、空箭、大声吆喝，将它惊飞而已。

而大雕因忌惮也没敢靠近，只是一味地盘旋着、滑翔着，执著地追逐着青狐母子。

大雕已经很累了，它不能耗尽气力，还得飞回巢穴。但是，它又不能空爪而回，两只小雕肯定都已饥肠辘辘。

然而，青狐母子却一直躲藏在货鞍下，连首尾都不肯暴露，令它无法下爪。

那呈“n”形撑立在草地上的货鞍，顶部很厚实，左右两侧是光滑的硬皮革，将青狐母子覆盖得严严实实；虽然货鞍的前后两端是通透的，可大雕伸展着宽大的翅膀，根本钻不进去。

冬天日短，眼下天色已暗，要不是雪光的衬映，大雕已经看不清了。情急之下，大雕紧攥双爪，下了狠心。

于是它不再徘徊，而是将周身的气力挤进翅膀，奋力舞动起来；进而它将尾羽向上竖起，猛一低头，迸发出所有的气力，朝着雪地上那白点儿似的货鞍，怒射而去。

原来，大雕是想凭借凶猛的俯冲，用挥舞的翅膀将货鞍打翻，从而令青狐母子无可藏身。

它当然知道，如果，那货鞍沉重而坚硬，不能被击倒的话，它的翅膀则会折断，那么，它将永远无法飞翔，再也回不到家了。要是这样，它的两只小雕，就会被活活地饿死。

但是，它要是不冒险，就不能带着猎物回巢。小雕已经饥饿难耐，根本扇不动翅膀；它还指望带着小雕再锻炼几天，等它俩的翅膀一经硬朗，便能随着自己南徙了；否则，它们绝熬不过漫长的严冬。

为了不在寒冷、饥饿中毫无体面地被活活地熬死，就得去搏击！即便翅膀断裂，那也是雕的决然的方式！

倘若如此，自己倒落了个痛快，但小雕呢？它们可怎么办？大雕的心紧缩在一起，沉重极了。

突然，它想到了鹰和雏鹰，它们也翱翔在长天与长风之中……于是，它的心舒缓了一些，并且，充溢着一种宽慰的坚强感。

其实，在痛下狠心之前，大雕本打算用双爪将那货鞍抓起，抛到一旁；可是，在死死地盯视了一阵后，它不得不打消了这个念头。

货鞍的顶部是光滑的拱形，没有任何可以抠抓的边沿；而且那货鞍是用厚重的硬皮革制成的，大雕的双爪再怎么犀利，也难以抓透。

“啾——”大雕狞笑着，发出了一声尖厉的长啸。

4

突显的货鞍，早已被大雪覆盖得厚厚实实，四周围更是白皑皑的，只有货鞍下面的一片地方，还是干枯的黄褐色。

虽然小青狐蜷缩在妈妈那毛茸茸的尾圈中，可依然感到寒冷。货鞍两端的拱形，形成了一个风道，令寒风涌荡贯穿，简直比蒙刀还利。

青狐不时地侧转嘴巴，舔舔小青狐的鼻头和嘴唇，温暖着它。

匍匐在货鞍下，小青狐只能看到一片拱形的雪天，那里没有大雕；它不知道，大雕还在不在；此时，它好想回家。

妈妈的毛尾圈得更紧了，使劲箍着它，于是，它立即明白了妈妈的心意：

我们乌妮格比契奴更能隐忍，在危险的境地，可以潜伏几天几夜、甚至更长的时间，一动不动。这就叫“熬”，而生存就是熬……

只要能够熬到夜里，我们就能回家了。在黑夜中，我们的眼睛更加明亮，而大雕则看不清了；更何况，一到雪地里，我们的皮毛，就会立即变成白色，令大雕愈发难以分辨。

熬吧，熬！只要熬得住，无论什么，都耗不过我们……

小青狐深深感到了妈妈那粗大厚重的毛尾紧围着它、所发散出的心力，于是，它的心头顿时明亮了起来；随之，自责感便油然而生：

要是早知道“熬”，我就不会一大早偷偷地溜出来了，免得妈妈为了找我，也被困在了这里；我怎么就熬不过饿呢……

的确，小青狐实在是被饿得打熬不住了。它已经两天两夜没有吃到东西，肚子里抓挠得厉害，这才趁着妈妈熟睡之际，钻出了岩洞、溜出了梭梭林。

不过，它的偷跑，不仅仅是出于饥饿，也是因为妈妈。

为了捕食，妈妈总是披星戴月、晚出早归，很是辛劳。小青狐便想自己去捕食，免得妈妈老这么辛苦；而且，要是能再带一些回去给妈妈，那妈妈就能轻松许多。

可是，妈妈坚决不允许！虽然在白天里，妈妈陪伴它时，非常温厚，但一到夜晚，妈妈在临出洞前，总是严厉地警告它，不许独自出洞！它老觉得，白天和黑夜不是一个妈妈。

对于妈妈的喝令，小青狐不敢违拗。妈妈每每在训诫它时，它都会发现，妈妈的目光很冰冷，而且还很锋利。它很害怕那种目光，担心会刺痛自己的眼睛。

然而这两天，青狐一无所获，直饿得小青狐前心贴到了后背。肚子里一空落，它的心便蹿腾了起来。

要是我来当妈妈，而让妈妈在家里乖乖地等我，该有多好！为什么老是让我等它呢？整整一座梭梭林，怎么会找不到吃的？而且，外面还有那么大的草地！尤其是在捕食的时候，还可以到处跑来跑去，该有多么自由……

小青狐忽然感到，体内的胆子鼓胀了起来。

可是，一到夜晚，妈妈那威严而尖锐的目光，总是将它的胆子刺穿几个小孔，于是，胆子又缩小了；但在白天，它一睁开眼睛，看见疲惫不堪的妈妈，胆子又会立刻鼓起。

就在胆子的鼓、缩之间，它思来想去，终于找到了平衡点。

妈妈只是在夜晚临出门时，警告我；可在白天，它并没有说过不让我出去，那我就白天出去；但是，一定要悄悄地往出溜，可别把它惊醒了，免得它把白天当作晚上。

但是，我回来时，它一定醒来了；它要是像晚上那样瞪着我，可该怎么办？……没关系，等我回来的时候，它也许还没醒；就是醒了，一看我叼着那么好吃的东西回来，它就知道我的厉害了！

兴许，从此后，晚上再出洞时，它就会带上我了；甚至，我自己出去，让妈妈在洞里，等着我回来；咦，要是那样，我就成了妈妈……

至于怎么出洞，小青狐早已学会了。妈妈出出进进的，它早已看了个满眼。

妈妈总是先一探头，用嘴巴左右一拨，将斜立在洞口的梭梭枝撩开一个口子；钻出去后，再一回身、用两只前爪把口子合拢。

可是，小青狐在清晨出洞后，却没有返身关门。它倒不是忘了，而是担心在拨拢梭梭枝时，会再次发出窸窣的声响，将妈妈惊醒。

为了迷惑妈妈，小青狐这两天显得格外安静。只要妈妈一回来，它就蜷伏在妈妈的尾圈中不动弹，两眼痴痴地望着洞口，目光穿过梭梭枝的缝隙游弋着。

妈妈还因为它的这种神态，心中充满了欣慰和内疚，从而将缠绕着小青狐的视线放松了。

妈妈这一松懈，便睡得很熟、很沉。

它太累了……

5

青狐母子紧紧地蜷缩在货鞍下，通过打熬自己，在打熬着一直盘旋在雪空中的大雕。这都多亏了乌日娜；要不是她及时赶来，安放了货鞍，它俩恐怕早就被大雕掠走了。

其实，大雕起初在袭掠青狐母子的时候，乌日娜一家并不知道，他们还都在毡房中；只是大雕的长啸声、青狐们的惊叫声、奔蹿声，以及枯叶败草的翻卷声，先是引起了牧羊犬们的惊觉，他们才闻声而出的。

当时，三条牧羊犬正趴伏在栅栏外，给各自的羊妈妈挠痒，突然它们看见一只大雕俯冲而来，便霍然而起，猝然间，已排成了“品”字形，护卫着羊圈。它们引颈咆哮着，随时准备扑跃而起，向半空中扑咬。

巴雅尔、乌日娜和阿木尔连忙从毡房中涌了出来。

巴雅尔高举着火枪，阿木尔引箭向空。不过，他俩只是虚张声势，聊以恫吓。然而，乌日娜却准备要动真格的了。

她紧握长鞭，目光炯炯地注视着在半空中盘飞的大雕。只要大雕飞掠羊圈，她定然会手起鞭落，令大雕皮开肉绽。

别看她只是一名牧羊女，曾经还是蒙东王府的哈腾（蒙古语 公主），但绝非弱不禁风。她曾师从东蒙名侠鞭王，练就了一身好功夫。只要鞭长可及，她能展鞭抽落空中的飞鸟。

大雕俯瞰到了羊圈旁的阵势，只得一味追袭青狐。

巴雅尔、阿木尔各自舒了一口长气，垂下了火枪、弓弩；乌日娜也盘起了长鞭。

忽然，三条牧羊犬里“品”字形阵中把头的大犬一回身，向后面的两条叫了几声，像是有所安顿；随后，它略一后坐，便“噌”地扑了出去，冲着青狐母子疾驰。

原来，它见大雕远去，已没有侵掠羊圈之意，便要去追捕青狐。自打在这儿安家之后，它和弟弟们只是站岗警卫，早已觉得四肢憋闷，因此，便按捺不住，好去舒散一番筋骨。

然而，它只奔出了一箭之地，就陡然听见了一声急促的呼哨，于是它只得刹住，怏怏不快地回转了。

呼哨声是巴雅尔发出的。

大犬的出击太突然了，并且速度极快，使得巴雅尔猛地一怔，可随即，他就明白了大犬的企图。他眉头一皱，立即将右手的拇指和食指顶在一起、圈成“O”形，噙在口中，吹出了严令。

大犬很少听见主人这么严厉的哨声，只好垂头丧气地返回了。

巴雅尔之所以急迫地喝止大犬，甚至大有十万火急之势，是因为害怕触犯了令人敬畏的长生天。

青狐一经变色，便是白狐；无论青狐、还是白狐，老人们都说，那是天狐——长生天的精灵，因而，万般灵秀。

蒙古高原上，无论牧人、还是猎人，大多信奉长生天，很少有人敢去冒犯长生天的忌讳；而大犬一旦触碰了长生天的精灵，巴雅尔这做主人的，岂不就得承担过患！

大犬刚一回到羊圈旁，稍远处的巴雅尔，便劈手从乌日娜手中夺过长鞭，就要抽打；乌日娜一把攥住了他的手腕，又抢回了长鞭。

“能从我手中抢走鞭子，功夫见长啊！”乌日娜一边说，一边将鞭身绕起。“脾气别那么大，大犬不是回来了嘛！”

乌日娜很心疼那三条牧羊犬，觉得它们有情有义；特别是大犬，她甚至将它当作自己的小胡。

我可是金刀塔布囊（蒙古语 驸马），功夫本不弱；何况，还一直练着呢！巴雅尔心中暗自得意，但当着胡的面，却不能明讲。

他转身一指青狐母子奔突的方向，满面郑重地说：“那可是天狐——腾格里（蒙古语 长生天）的精灵！捉不得！”

阿木尔曾听阿布讲过天狐，但却从未见过，于是，不禁好奇而又怀疑地问道：“天狐？你不是说过，从春天到秋天，天狐是青色的；到了冬天就是白色的了。可现在，已经是冬天了，而那两只乌妮格却是青色的。它俩会是天狐吗？”

“只要是青狐，就肯定是天狐！还没见雪呢，一下雪，青狐往雪地里一跳，就变成白狐了。只有天狐，才会变色！”巴雅尔一边笃定地说着，一边仰头望着开始变色的天宇。“看样子，好像快下雪了。”

“你见过天狐吗？”阿木尔追问。

“当然！不光我，塔拉上有好多人都见到过！”巴雅尔记忆犹新地说，“那是几年前了。大雪刚停，大雕捉着天狐飞在夕阳下！太阳是黄的、大雕是黑的、天狐是白的……”

“那我怎么没看见？”阿木尔紧问。

“你和额吉在家里。”巴雅尔悠悠地说，“当时，我看愣了；等想起来、去叫你们的时候，大雕已经不见了。”

“哦，对对！”阿木尔想了起来。“好像就是那一次，你给我讲了天狐会变色——要么是青狐，要么是白狐！”

继而，阿木尔又冒出了一个疑问，便打破砂锅问到底：“阿布，我突然想起来了，天狐不是腾格里的精灵吗？那大雕怎么敢捉？”

“大雕是天之骄子！天狐本应在天上,是不能到人间来的；但凡地上的天狐，都是私自下凡。所以，腾格里就派大雕来捉拿它们！大雕和雄鹰一样，也是腾格里的护法！”巴雅尔津津有味地讲着他小时候听说过的故事。

一听“私自下凡”，一旁的乌日娜立时双眸圆睁，瞪起了巴雅尔。

巴雅尔先是一怔，随即，使劲搓了搓手，又吐了吐舌头。

五、雪空搏击

1

尽管巴雅尔暗自里以“金刀塔布囊”自矜，其实，他从未被册封过。他原本是蒙东王府的金刀侍卫，长得高大而英俊，哈腾乌日娜喜欢上了他，两人便悄悄地相爱了。

然而，王府等级森严，哈腾只能嫁给王公贵族，而巴雅尔的出身只是包衣奴才。于是，乌日娜便偷偷随着巴雅尔远走他乡，游牧于苍苍天宇之下、茫茫塔拉之中。

蒙东王爷大怒，派了很多人马到处搜寻，塔拉上就流传起了哈腾私奔下嫁的故事，说哈腾这是从天上人间般的王府“私自下凡”。

乌日娜和巴雅尔一直深深地隐藏着自己的身世，从未对人提及，就连他俩的胡也丝毫不知。

他们很清楚，王府家法峻刻，一旦走漏消息，他俩被捉回的话，乌日娜会被终身圈禁，巴雅尔会被点了天灯。

幸而，清王朝在辛亥革命中轰然坍塌了，蒙东王府便处于风雨飘摇之中，乌日娜与巴雅尔这才不再被追捕，终于得以安稳。但他们依然对自己的身世讳莫如深，他俩都懂得“百足之虫死而不僵”的道理。

这就难怪乌日娜一听巴雅尔讲天狐的故事，而倏然失色了。

乌日娜遥望着远处半空中的大雕，冷笑了一声。“哼！护法？捉拿？”

说着，她左手扽开马缰，右手摘下挂在马鞍边角处的短鞭，揣进怀里，跃身上马。

“你要干什么？”巴雅尔一把拽住了辔头。他知道乌日娜的脾气，怕她一怒之下，去鞭挞俯冲的大雕。

“去解救‘私自下凡’的天狐！”乌日娜断喝，“松手！”

“你疯了！大雕或雄鹰是不能碰的！”巴雅尔依然紧拉辔头，惊呼道，“那可是腾格里的骄子！”

“谁不知道！”乌日娜一扬手，将长鞭抛给了阿木尔，“我只是去救天狐！”

阿木尔攥紧长鞭，连忙问：“你不拿它，可怎么救呢？”

“真笨！把天狐藏起来，我看那‘护法’还怎么捉拿！”乌日娜说着，一把打开了巴雅尔的手，“让开！”

“那你得先捉住天狐，才能藏起它们；但天狐也捉不得！”巴雅尔又搓起了手，“——腾格里的精灵！”

“真笨！”乌日娜一磕马镫，纵马而起。

在掠过羊圈的一瞬间，她倾身往右一探，一把抓起了斜靠着羊圈栅栏的货鞍；进而又将货鞍套进了身体两侧；眨眼间，她便驰马远去了。

“咱俩笨吗？”阿木尔不解地问阿布。

巴雅尔坚定地摇摇头。“主要是你额吉太巧了，‘乌日娜’嘛！”

不错，“乌日娜”的含义，是“巧女”。

然而，乌日娜的“巧”，却要迫使大雕进行一场自断羽翼般的搏击。

乌日娜抛下货鞍策马返回不久，天上便下起了大雪……

2

大雕的心绷得直直的，没有一丝皱褶，它已容不下星星点点的杂念。此时，它必须全神贯注，发起最猛烈的冲锋！

虽然大雪早已将那货鞍铺成了白色，与雪色融为了一片，可在大雕的双眸中，它是峭立的突兀。

近了，近了，更近了！

大雕将宽大而凌厉的右翅，竭力地向后牵拉，进而，拼命地扬起！

“嘭”的一声闷响，货鞍沉闷地倒下了。

它的一侧革板着地，另一侧的革板临空，并在颤悠悠地上下抖动，使得货鞍的开口，像额么格额吉（蒙古语 老婆婆）那干瘪的嘴巴，在无力地翕动。

大雕顿觉右翅一阵阵钻心的、火辣辣的疼痛，仿佛被烧红的铁丝紧勒着。它那几乎挨着草地的双爪，猛一抽搐，蜷缩了起来；倏然，它奋力扇动着左翅，苦苦地拉动着沉重的身躯，让颤栗的右翅只是平展着，不要着力。

它的身体向右侧倾斜着，徐徐地飞了起来。

看来，自己还能飞……大雕的心舒徐地松缓了下来。

接着，它开始试着扇动那僵硬伸展着的右翅。

尽管稍一振翅，就“嗞嗞”地冒出生疼感，但一丝笑意，却从它那紧闭着的、钢钩般坚硬的长喙中硬挤了出来——没有断裂，虽然痛苦，可依然能够在浩荡的长空中搏击！

在缓缓的盘升中，大雕潺湲地活动着右翅，丝丝缕缕地消解着疼痛，从而使得右翅渐渐地柔软了。

然而，就在大雕缓慢地起飞、又在空中吃力地调整身姿、舒缓右翅的时候，两只青狐早已在雪地里奔逃着。

当货鞍怦然倒地时，小青狐被吓得惊跳了起来，落在了青狐的嘴前；青狐下意识地一纵身，扑到了小青狐的身上；随即，它便看见了大雕那扭曲的身影。

货鞍一经侧翻，被它覆盖着的草皮，便立刻被雪片扑撒，但一时间，仍然是黄褐交杂的斑驳。青狐“唰”一下跃进了雪地，一回头冲着小青狐“吱吱”地尖叫；紧接着，小青狐也纵入了雪地。

它俩在雪地里翻滚着，身上沾满了雪花；雪花舒卷着，细腻地揉搓着每一根精致的绒毛；继而，青色被白色一层层地浸润……

少顷，在大雪中扭动着的、两束青色的光影，幻化成了两簇银光……

于是，青狐“倏”地变成了白狐。

它们身上的色泽，有着白银的端庄、有着白玉的光润，晶莹剔透得毫无瑕疵，因而，便成为天地间最纯美的白色。

大雕终于恢复了平衡，尽管右翅仍然吃力，可它还是在苍劲地盘旋。它那宽大的羽翅，在雪空中划出了一圈圈的涟漪；涟漪撩开了四周围密集的雪花，它那犀利的双眸在炯炯地追搜。

大雕先是骤然一惊，眼下只有苍茫的白色，看不见那扑棱棱的身影了；然而稍一愣，它便发现了两溜“S”形的黑点儿；它明白了，那是正在飞驰的脚印。

浩雪飞荡的苍穹中，一道黑色的闪电暴劈而下，射向了雪地里那两束银光闪闪的身影。

3

小白狐频频扭动着身躯，随着妈妈跑起了“S”形。

虽然看上去，它显得很灵活，但它却感到吃劲，尤其是在松软的雪地上。可是，它已经明白了，只能这样——刚才在货鞍下，妈妈教过了它，只有闪烁不定，才能时时躲避。

终于，它看到了一片影影绰绰，它的心激跳得更加剧烈了，梭梭林就要到了。

白狐喘息着，鼻口中喷吐着一团团白雾。它总是在拐弯儿时，用余光回扫一下身后的小白狐；见它跑得越来越娴熟，白狐那惊慌的心中，便绽出了几丝欣喜的花纹。

于是，它扭动得更加频繁、奔纵得更加奋勇了。加速、加速！梭梭林已近在眼前，就要甩开大雕了！

大雕几经振翅，便飞到了白狐母子的上空，但是，它却不能立刻俯冲。

两只白狐一直在跑着“S”形，它不能再轻易下爪；要是还抓不中，起飞会非常困难。尽管右翅没有方才那般剧痛了，可还是不如左翅那样自如；因此，它必须要有十足的把握，才能再次飞扑。

它俯瞰到了两只白狐已然接近了梭梭林，知道迫在眉睫了。于是，它再次将心弦绷紧，弹出所有的杂念，聚精会神地逼视着闪来闪去的白狐母子，目测着它俩那扭动的节奏。

它已经思量好了，再下爪时，决不能对准它们的脊背，而是要稍稍偏移着向前一点儿，抓向虚空之处；这样，落爪时，它俩正好扭动着向前蹿，便能捕个正着！

大雕不再尖啸；袭击，无声无息；无论飞雪如何飘曳缠扰，都没能阻挡得住那斜劈而下的黑色闪电。

大雕的右爪，虽然没有掐住白狐，但左爪却抠住了小白狐后颈的毛皮。小白狐惨叫一声，立时悬空了。

大雕紧攥着小白狐，奋力地展平右翅，左翅死命地一边鼓动，一边划转；同时，它全力向一侧摆动尾羽，从而使得整个身躯在缓缓地攀升中，扭转着方向。

它知道，只要飞得再高一些，就可以借助于空中的风力了；哪怕右翅还不够自如，可只要展开着配合左翅，即便鼓动得慢一些，也依然能够翱翔。好在它总算调整好了方向，完全背对着梭梭林了，它的左翅不用再划转，终于可以全力以赴地震颤了。

然而，就在大雕即将发力的一瞬间，小白狐那凄厉的惊叫，迫使白狐急刹脚步；它扑喇喇地滑行了一溜后，迅疾地一抹身，飞旋而回，电光石火般地扑到了小白狐的下方。

它凭借着强劲的冲力，奋力纵身扑起，并猛然伸出前肢，双爪便紧紧地扣住了大雕那刚硬的右爪腕。

母子俩的身体并拢着，在一起悠晃；它们本能地鼓出所有的气力，同时踢腾着后肢，拼命挣扎着向下死坠。

大雕忽然觉得，身体陡然向右侧一沉，便连忙舞动右翅，想要恢复平衡。然而，右翅猛一用力，就立刻感到了撕裂般的痛楚；它略一勾头，便盯见了缒在右爪腕上的、疯狂拧动着的白狐。

大雕不再舞动翅膀，只是将双翅展平，开始了滑翔；不知不觉中，它缓缓飞临到了早已被大雪覆盖了的货鞍的上空。

这时，它已将浑身的气力鼓进了双腿；紧接着，它将双腿奋力地向上一荡，两只白狐便腹部朝上、被斜抡了起来。

“啾——！”大雕一声怒啸，头用力一勾，弯曲、尖利的钢喙啄向了白狐。

“吱——！”与此同时，白狐也发出了一声凶厉的嘶叫；随着身体被仰面荡起，它的两条后肢，也随之向上摆动，并趁势使劲地相向一扣，两只后爪竟生生地抠进了大雕的双眼。

“啾——！”大雕一声惨叫，周身颤抖，不由得松开了利爪。

“吱——！”小白狐尖叫着，忽地坠落而下，掉在了货鞍那侧悬空着的革板上。革板猛地一颤，将小白狐弹落到了雪地里。

小白狐“咕噜”一滚，还没有翻起身来，白狐也“嗵”的一声，从革板上摔了下来。

尽管暮色苍茫，但在雪光的衬映下，那雪空中的惨烈搏击，以及白狐母子的先后坠落，被一直伫立在羊圈旁的巴雅尔全家看了个满眼。自打乌日娜扔下货鞍，策马而回，他们的目光就没有离开过大雕。

巴雅尔、乌日娜、阿木尔各自的毡帽、皮袍上，早已落满了雪，可他们却浑然不觉，只是痴痴地站着，仿佛被梦魇了一般；远远望去，就像是三座高低不同的雪柱。

三条牧羊犬也都呆愣愣的，追视着雪雾迷蒙间、那在长空中蹒跚着的大雕……

4

大雕第一次感到，黑暗是如此的痛苦，如同剥离体肤一般。它疼痛得几次险些失控、差点儿栽落下去。它竭力忍耐着，侧斜着身躯，艰难地、缓慢地飞翔着。

虽然眼前是一片血蒙蒙的黑暗，但它依然能够飞回去。候鸟都有着极强的导航能力，更何况它是雕——苍穹中的帝王。

它倾听着气流的声响，忆念着家的方向那特有的味道；它将翅膀当成船桨，在寒冷的天河中，吃力地划行。

它没有想到，自己竟然飞离了那么远，以至于回家的路途是这样的漫长。此时，它好想家啊，恨不得让失明的躯体，变成一把精准的长枪，将自己的心喷射回去。

在远方的那片丘陵地带，高耸着一派威风凛凛的石崖。在石崖顶端下的岩洞里，有着大雕的家。

大雕已深深地感觉到，它的两只小雕正趴在洞边，望穿了湿冷的暮色，给它铺排出了一条被渴望的眼神照得雪亮的通道。

可是，它什么也没有给它们带回去，而且，再也无法陪着它们锻炼翅膀，更不能领着它们南徙了。

再不飞离，就真的来不及了。然而，小雕翱翔得了吗？在南徙的途中，不仅要飞越丘陵、草地、荒漠，更有高耸入云的雪峰……

要是小雕的妈妈还在，就好了。它一定能够像鹰妈妈那样，硬下心来，用“摧折”的方式，去锻炼它俩的翅膀，那么，小雕的翅膀早已硬朗了；现在，它们正举家振翅，高飞在欢快的天途中。

与其他天禽相比，雕有些特殊。雏雕在被孵出后，是由雌雕和雄雕共同抚育的。雌雕与雄雕轮流守护雏雕、轮流外出觅食。

通常，小雕是在仲春破壳，在被喂养近三个月后，由雕妈妈带出去锻炼翅膀，一直到深秋。等翅膀都已硬朗了，它们便在秋末冬初之际，由爸爸妈妈陪护着，开始生命中的第一次长途飞徙。

雕妈妈在强化小雕的翅膀以及训练它们的飞行能力时,是非常严厉的，否则，小雕就难以比过小鹰，将会失去空中帝王的阶位。

因为，小鹰的成长，实在是触目惊心。

鹰妈妈在开始训练雏鹰时，先是带着它们做低空盘飞，以便锻炼它们最基本的振翅能力；之后，再将小鹰们带上悬崖峭壁的顶端，爹起翅膀、把它们逐一推搡下去，迫使它们在惊悚中飞翔，以此来提升它们的飞行强度，为高空翱翔打下基础。

大部分小鹰在被驱赶下去后，都会拼命地振动翅膀，进行殊死搏斗般的起飞，从而被极致化地激发出勇气、信心和耐力。然而，仍有个别小鹰在疾速的坠落中，瑟瑟发抖，张不开翅膀，因而，只能栽落谷底，粉身碎骨。

当鹰妈妈屹立在崖头，眼睁睁地俯望着哪只小鹰没有将自己拉起、惊叫着奋勇盘升时，心便会与它一起沉落下去；旋即，它强忍着心头剧烈的痛楚，拭去热辣辣的泪水。

它只能这样，用坚硬，压抑着心底深处那被酸楚浸泡着的柔软。因为它知道，不能凌空翱翔的鹰，连一只鸡都不如，只能在毫无尊严中任凭欺凌。对于鹰而言，这种屈辱是无法忍受的。

当然，也有个别的小鹰没有摔死，只是受了伤，而且，还幸运地被猎人或牧人抱养。它的伤在完全养好后，也已长大了。这时，人们发现，它根本飞不高，顶多能够飞到毡房顶上。于是，人们为只是穿着鹰袍的它，感到深深的悲哀。

当小鹰们不再惧怕悬崖峭壁，可以自如地起落、翻飞后，鹰妈妈则会最后一次将它们带上崖头；然后，逐一硬压着它们，把它们各自的翅膀折断几根细骨；随后，再次将它们一一轰下悬崖。

鹰妈妈之所以如此“摧折”，是因为它深知，在高空翱翔时所经受的气压、气流的阻力，以及寒冷程度，与在半空中飞翔的境况截然不同。

如若缺乏坚韧的耐力、十足的心劲儿，根本无法飞越高耸入云的银山雪峰，更不要说，在猎猎长风中悍烈地搏击了。

倘若正在长大的小鹰，可以忍受住疼痛，继续举翅，那么它们飞行的耐力，则定然能够得到极端的强化，并且，在刻骨铭心中积蓄出超强的忍耐力，从而成为真正的雄鹰！

当然，鹰妈妈很清楚，双翅在用力振动时，血液会充分地流动，因而，那几根断折的细骨，便能够迅速地愈合，但是，必须得挺住！

然而，仍然有着最终没能挺住的小鹰，它们只得殉难于雄鹰的塑造之中了……

5

在天穹中，能够和雕比肩的，自然是雄鹰。因此，雕妈妈在训练小雕时，也只好使用逼迫、摧折的极端方式。

但是，大雕却舍不得。它温厚地呵护着出壳不久便失去了妈妈的两只小雕；它觉得唯有如此，才能慰藉自己对雕妈妈的思念。

虽然它不知道究竟发生了什么，可它明白，雕妈妈一定不在了；否则，它绝不会抛下两只小雕、离开自己而长久的不回来。

的确，雕妈妈早已遇难了，而且，死得很惨烈。

尽管噩运发难于巢穴，但当时两只小雕连眼还睁不开，自然一无所知。于是，雕妈妈究竟是如何罹难的，对大雕而言，是一个永远的谜。

几个月前的一天，大雕外出觅食；雕妈妈在巢穴中，守护着小雕。灾难突然袭来了。

一只粗大的毒蛇，缠绕着攀附在悬崖峭壁上的横七竖八的枝蔓，钻进了巢穴。

毒蛇正要吞噬小雕，雕妈妈猛然按住了它；随即双爪抠抓着它，飞冲了出去。半空中，毒蛇紧紧地缠着雕妈妈，咬中了它的脖子。

毒液顷刻间就流遍了雕妈妈的躯体，它在空中便窒息了。可它一直死抓着那条粗壮而滑腻的毒蛇，双爪抠穿了它的身体。

毒蛇裹缠着雕妈妈，坠落到了谷底。至死，它都没能从雕妈妈那僵硬的双爪下脱出。

大雕觅食回来后，再也没有见到过雕妈妈。

大雕只知道在苍穹中翱翔，根本就没有想过降落于谷底，因而它始终都不曾想到，雕妈妈永远会和毒蛇纠缠在一起，被零落的树叶层层覆盖，终究被封闭在陈腐之中。

幽深、阴暗的谷底，就像一块儿巨大的、恒久不见天日的琥珀，镶嵌在里面的、密密麻麻的质点，谁也说不清，曾几何时，都是些怎样的生命……

大雕只能在无尽的思念与绝望的期盼中，独自抚育小雕了。

每每外出捕食，大雕都不敢飞离得太远，而且一旦发现猎物，它就捕捉得格外凶狠，并且时常冒着危险。只有这样，才能缩短离家的时间，它不只是担心小雕饥饿，更是担心危难的窥伺。

三个月后，小雕得离巢了，原本该由妈妈带出去锤炼翅膀，然而现在只能由大雕来肩负教练与陪练的职责了。

它带着小雕们在低空中飞行，陪着它俩在半空中盘飞，也曾将它们领到过悬崖峭壁上，而且也下过狠心，要将它俩驱赶下去。

但是，两只小雕在惊惧中一经哭喊，它的勇气便在心头的抽搐中退缩了；尤其是一闪出“摧折”那还未丰满的翅膀的念头，它就猛感到一阵阵的揪心，直揪得自己心慌意乱。

于是，它只能伴着小雕们重复着简单的锻炼，并且希望这种程度的锻炼，也能够培蓄出飞翔的耐力。为此，它时常安慰自己，只要多练练、再多练练，虽说简单，也许一样可以积攒出强度。

渐渐地到了深秋，雕和鹰们已经纷纷南迁，大雕焦急了起来。于是，它带着小雕们要进行一次中程飞行，来测检它们的飞行能力。然而一经测验，它的焦急就变成了焦愁。

刚起飞时，两只小雕都很兴奋，冲劲十足，这让大雕感到欣喜；可是行程还未及一半，小雕们的翅膀便已无力了。

尽管在大雕的鼓励和催促下，它俩又强撑着飞行了一段儿，但很快双翅就瘫软了。大雕只得陪着它俩停下来，休息了很长时间，才沉闷地返回。

途中，它们与几只南飞的鹰相遇了。其中的小鹰不解地问妈妈，雕是不是把方向搞反了。大雕听得很真切，愈发觉得，心底沉甸甸的。

不过，令它略感欣慰的是，小雕自己也很着急。睡了一夜后，一大早不再等它催促，便主动离巢去练习了。

大雕也赶紧外出捕食，好让小雕们吃得更多、吃得更好，以便滋养出更强的体力。它巴望着小雕们身强力壮，从而能够尽量多练，而不要将精力分散于觅食之上。

其实它不明白，对于小雕而言，捕食是最生动的训练，可以培育生存能力；而它眼中，只有南徙和翱翔。

之后，它又带着小雕们进行了几次中程训练。小雕们都完成了，不过，完成得很勉强，而且每次几乎都是气竭力尽。

然而，大雕依然在瞄准着希望。它想，只要再训练一些时日，它俩一定能够具备远途翱翔的能力，跟着自己振翅奋飞。

六、高亢的绝唱

1

时至初冬了。茫茫的那拉提业已枯萎，捕食非常困难了；而且寒风凛冽，巢穴也冷透了，大雕和小雕们已难以栖身；再不走，真的不行了。

可是，小雕们的羽翼仍旧没有丰满、硬朗，大雕准备勉为其难，领着它俩强行南徙。

它想，在迁徙的途中，它们全家只能起起落落、飞飞停停了；虽然失却了那种一飞冲天的畅快淋漓，但毕竟在航行。

只是，途中要飞越荒丘、沙漠，还有高山、雪峰，那么捕食和休憩，将会更加艰难……

可也只能飞了，再艰难，也得飞了！

今天，是小雕们练习的最后一天了；明天一大早，它俩就得追随着大雕启航了。

眼下暮色四合，它们练得很累了，正在巢穴里一边喘息着，一边等待着大雕像往常那样，给自己叼回晚餐。

大雕本打算让两只小雕饱餐一顿，以便明早有一个充沛的发端。但是，苦苦奋战了一天，它却遭受了重创，只得一无所获、痛苦不堪地返回了。

在起起伏伏的、艰难的归途中，它感到双目在被灼烧、心头在被炙烤，经受着从未有过的煎熬。

明天，还能出发吗？自己什么都看不见了，尽管听得更加清晰，凭借着听觉，依然可以给小雕们导航，可飞行的速度则会更加缓慢。

而且自己再也不能捕食了，岂不成了两只小雕的累赘？它俩自己的翅膀尚且没有强健，哪里关照得了它这样一个沉重的拖累？

但是明天，它俩要是自己动身，能找到航行的方向吗？它们从没有南徙过，哪里会有沿途的记忆！

该飞的都飞了，它俩连随行的同伴都没有；并且它们还不具备疾驰的羽力，根本追赶不上遥遥领先的背影，因而也无法追随。那么它俩可该怎么南迁呢？

要是它们的妈妈还在，该有多好！它必定能将它俩磨炼得可以展翅高飞！要是那样，此时它们全家正在迁徙的途中，也许还是天之骄子中的领航者……

唉！都怪自己狠不下心来，终于将不忍变成了过患！原来，从早起，自己就是它俩的累赘，拖累得它们迟迟不能飞冲！

大雕感到了深深的悲凉！紧接着，悲凉感猛然激荡了起来，汹涌澎湃着，扑涌成了绝望中的悲壮！

不管怎样，它俩都不能留在这里苟延残喘，它们毕竟是雕！飞吧，飞不了，也得飞！没有方向，自己去找方向！而且，方向从来都是从没有方向中寻找到的，只要去找，就一定会有方向！

看来，狠心迟早是要下的！现在，也只能下狠心了！只是自己下得太晚了，可是还得下！

先前，小雕没有经受过那些艰苦的磨炼，那么只好现在自己去经受了；既然磨炼迟早都得经受，那就去经受吧！拖，是拖不过的！

大雕蓦然感到了一种痛苦的宽慰……

当大雕终于在心中将小雕安顿好了后，便不由得想到了自己——对自己也得有个安顿……

自己再也不能捕食了，但也不能在饥寒交迫中毫无体面地枯萎；自己当然不能成为小雕的累赘，可也不能成为自己的累赘！

大雕再一次下了狠心。

如此看来，"狠心"仿佛是一条鸿沟，令人畏惧；然而一旦跨越，回身再看，只是一道沟渠；设若再次逾越，心间便坦荡了。

它情不自禁地长啸了一声，令自己感到了一种决绝的轻松。

那轻松，来自雕高贵的尊严！

最后再见一面小雕，不，是让它们再见自己最后一面；然后当着它俩的面，洞穿自己的生命；并用这种方式，对它们进行最终的教练，告诫它俩——

作为雕，必须得飞！

大雕觉得，自己已经飞进了丘陵地带，就要到家了。

2

大雪，终于停了。

一轮冷月，孤独地绽放在夜空中。

今夜的月亮格外亮，亮得惊心，在疙疙瘩瘩的丘陵间，撒满了冰冷冷的光辉；大雕听见了那细腻的、月光流溢的音声。

它深深地喘息了几口，一边徐徐地降落，一边倾听着气流的脉冲、风的跳动。它卡准了位置，停止降落，开始了缓缓地盘旋。它那沧桑而又巨大的身影，斜对着悬崖顶端下岩壁中的巢穴。

“啾——！啾——！”大雕呼唤着小雕。

“啾……啾……”大雕哽咽了。

两只小雕卧在洞边沉沉地睡着。

它俩直直练了一天，直到傍晚时才回到巢穴，已经疲惫不堪。它们饥肠辘辘，翘首巴望着，焦急地等待着大雕带回晚餐。

一大早，大雕就告诉它俩，明天开始南徙；它们兴奋极了，一整天都在欢腾地期盼。于是，它俩练啊、练啊，练得太狠了，以至于累得等不及大雕回来，便栽入了梦中。

梦在翱翔，追逐着大雕那宽大的背影……

猛然，两只小雕同时听见了如箭镞般尖厉而又颤抖的呼啸，便骤然感到耳鼓一阵刺痛，于是，它俩倏然睁开了双眼。

只见，洞外的斜上空，大雕正在沉重地蹒跚着；冷月的寒光，将它抹得一身银灰，显得很是苍老。

“啾——！啾——！啾——！”大雕尖啸着，盘旋而起。

“啾！啾！！”小雕双双奓翅，飞撵到空中。

“啾——！啾啾——！！”大雕声声长啸。

你俩，自己南徙吧！

“啾啾，啾啾！”小雕疑惑地同声嘶鸣。

“啾、啾啾、啾啾啾！”大雕庄严肃穆地呼啸着。

不要问为什么，你们只能自己南徙了！不要问南在哪里，南，在心中、在羽翼下！你俩注视着我，当我定格在半空中，你们就起飞！

记住，我前额上的王冠正对着的方向，就是南！如果能够飞到南方，你俩也就成了大雕，头顶也能戴上王冠！祝福你们自己吧——

大雕已然想好了洞穿自己生命的垂直方向。

它太熟悉这一带了，凭着惯常的音声和熟悉的气味儿，它可以卡准任何一处方位，无论大或小。

崖头往里连着一片开阔地，那里静立着一方简陋的石棚。一位修行密宗的隐僧正在石棚里闭关。石棚的对面有一处玛尼堆，中间竖立着一根旗杆，绷拉着一串一直在猎猎飞扬着的五彩经幡。那旗杆的顶尖，衔着冷月的缩影，直刺苍穹。

盘浮在空中的两只小雕，呆愣愣的，仿佛被梦魇了一般。在它俩的目光凝滞地注视下——

大雕猛然收拢了双翅，沉重的身躯轰然坠下；“噗”一声湿响，大雕被旗杆的顶尖穿透了。

随即，大雕的双爪，死死地攥住旗杆，使得躯体无可下滑，将自己凝结在了旗杆的顶端。继而，它的头垂下了；前额上的王冠，正对着夜色中的南方。

两只小雕倏然听到了爆裂的声音——

你们是雕！必须得飞！飞吧！飞吧——！！

小雕的双眸陡然凸起，它俩都猛然感到血脉偾张！

瞬息间，它们骤然听见自己的翅膀在“嘎巴巴”地响；紧接着，它俩各自翅膀中的根根细骨，都在“铮铮”地鼓胀，顿时，坚硬得如同支支挺立而起的钢条！

月亮忽然黯淡了，启明星突然闪亮了。

两只小雕同时仰起头，一起鼓舞着顿然硬朗了的翅膀，朝着大雕前额上的王冠正对着的方向，飞冲而起，刺破了没落了的夜色！

——小雕终于启航了。

虽然它们是最后的南徙者，但却由于霍然长大，而成了坚韧不拔的追赶者。

你们是雕！必须得飞！飞吧！飞吧——！！大雕这最后的长啸，就像高亢、悲壮的歌声，一直嘹亮地萦绕在小雕的耳畔；在这绝唱的陪伴下，它们一定能够飞抵——大雕那王冠的指向！

只是，代价太大了……

3

当白狐紧咬牙关、追视着大雕趔趔趄趄地远去，并完全消失在暮霭苍茫中，它忽然感到，周身一阵阵的酸痛，令它几乎无法自持。

它连忙侧脸，看了看近旁的小白狐。只见小白狐已瘫软在雪地上，脊背在微微地抽搐。白狐硬挺着，挪移到它的身边，伸出右前爪抚摸着它。

小白狐侧卧着，抬眼望着妈妈；它本想冲妈妈笑一笑，可刚一咧开嘴，泪水却扑簌簌地滚落了下来；紧接着，它呜咽了起来。

白狐垂下头，舔着小白狐的面颊，为它擦拭着泪水，但倏然间，它的眼帘也湿润了。

惊恐刚刚过去，可它褪去后所留下的余悸，和劫后余生的庆幸感糅合在一起，猛烈摇曳着它俩的心。

不知什么时候，雪悄然停息了；月亮升起来了，辉映着白皑皑的雪地。白狐母子相互偎依着，沉浸在银光流溢的夜色中。

小白狐终于又感到了饿，它“吱吱”地低吟着，望着前方那一片雪树银花般的梭梭林。显然，它已渐渐平息了下来，并恢复了些许体力，想要回家了。

白狐也“吱吱”地叫了叫，却使劲摇了摇头。小白狐很快就明白了，四下里瞭望了起来。

原来，它俩已经离开梭梭林一整天了，谁知道它们的洞穴里会发生什么；要知道，那洞穴曾就是被它们在残杀了两只野兔后抢占的。所以，它俩不敢贸然回去。

要在往常，即便是回洞，白狐也总会先刺探一番，可现在，它已经没有了足够的气力。如果洞穴里隐藏着什么，就算被它看破，它也无力凶狠地反击或者迅猛地挣脱了；况且，小白狐更是步履蹒跚。

于是，它要和小白狐在附近找一处草窝子，然后，简单地就势刨个地窝，暂时栖身一夜；当第二天休整过来后，再小心翼翼地回去。

小白狐将周围张望了几圈儿，也没有发现哪儿有草窝子。大雪早已把那拉提覆盖，遮掩了所有的高低不平，怎能看得出来呢？

小白狐刚要问妈妈，妈妈已硬撑着纵跃而起。它紧咬牙关，压迫出体内仅有的力气，左一下、右一下踉踉跄跄地扑着，在处处试探。小白狐也赶忙拼出余力，一边追撵妈妈，一边勉强地四下里扑拍着。

突然，小白狐感到前爪下一软，知道找到了，便立即向妈妈欢快地叫了起来。

白狐回转过来，双爪一按，果然是一处草窝子。它连忙使劲地撩、拨，扒开了一片积雪；随后，它一探头，紧咬住一蓬荒草，一边狠劲地仰着脖子，一边奋力地蹬踏，颤巍巍地向后挪身。

小白狐也急忙低头咬住荒草，脸蹭着妈妈的脸，与妈妈合力，一起扯、拉。

一大蓬荒草“嘭”地被拽了出来，带起了一捧土块儿，陷出了一个小坑。四只前爪探进小坑，分别向两个方向刨挖着。

冬季的草地是板结的，一旦挖出一块儿，便可层层撬起。

两只白狐刨挖得大汗淋漓，远远望去，就像明月、雪地间两个热气腾腾的精灵。

终于，它俩挖出了一个足以容身的地窝。

小白狐“倏”地跳了进去，里面很干燥，它觉得很舒服。白狐“吱吱”叫了几声，又将小白狐喊了上来。

小白狐不知妈妈要干什么，静静地瞅着。

只见，白狐扫动着粗大的毛尾，轻轻地将地窝周边的土块儿连同浮雪一起扫进了地窝。片刻后，地窝周围一片平滑。浮雪被扫去后，显露出来的、崭新的雪层，与周边的积雪衔接了起来。

白狐这才催促小白狐赶紧跳进地窝。小白狐再次跳了进去，可白狐却迟迟没有下来，它便将脑袋探出窝沿儿，扫视着。

它那在夜间光闪闪、亮晶晶的双眼，立刻望见了白狐。

4

白狐早已跑到了它俩坠落过的地方，扫动着毛尾，把留在那一片的、所有的脚印，都齐刷刷地抹平了；然后，它朝着地窝缓缓地走来，一边走，一边左右摆动着毛尾；它还不时地回头看看，只要一发现残留的印痕，就马上退回几步，再补扫几下。

就这样，它走走停停、扫来扫去，过了很长时间，才总算挨到了窝边。

看来，白狐并没有因为劫后余生的浓郁的庆幸感、久久不散的后怕感，以及由于拼命奔逃、死命挣脱而无可抑制地喷涌出的劳竭感，将自己心底间的“狐疑”麻痹，尽管此时，它已累得快要瘫倒，但它仍然很清醒——

四下里，它与小白狐所留下的那些看似杂乱的脚印，彰显在四周围那了无痕迹的皑皑白雪中，因而，区隔出了地窝子所在的区域。

暗夜里，那一簇簇凶厉的目光一旦扫射过来，只需稍加寻索，便能轻易地探寻到它们母子。所以，白狐必须要扫除掉所有的印痕，就连蛛丝马迹都不可留下。

白狐很清楚，时下已进入了贫瘠、荒凉的时节，从而使得种种凶残会随时爆发。尤其是在夜间——因由夜幕的掩护，穷凶极恶的发作比在白天还要轻易。

好在，它起初和小白狐逃奔时，还没有下雪，直到它俩钻入了乌日娜撂下的货鞍、隐伏了一阵后，雪花才漫天飞舞、遍地绽放；否则，要是浩雪早已扑撒、那拉提已然银装素裹，仅凭它一蓬毛尾，如何能将那遍野间如梅花惊落的脚印清扫干净？

再加上，货鞍被大雕打翻后，它与小白狐所扭出的那一溜溜、一道道、一弯弯的“S”形痕印，以及为了营救小白狐，它于回扑中在雪地上所显印出的惊恐、暴怒的脚印，已被这场大雪在谢幕前的最后飞舞遮覆了。于是，它只需将自己和小白狐在雪停后、四处探测地窝时，遗留下的痕迹一片片地抹去，便可得以全然匿迹。

小白狐在刚一看到妈妈的举动时，曾顿然立起；它很想过去，与妈妈肩并肩地一起扫抹。可它刚要冒出去，便被妈妈发觉了；妈妈嘶鸣了几声，连声喝止了它。

虽然白狐已然精疲力竭，但它只能咬紧牙关，独自劳作。它之所以如此，不仅仅是担心小白狐体力难支而心疼它；更是因为，倘若再有凶险袭来，它便于只身奔纵，从而紧紧挽起追扑的目光，将凶险立时引走。

白狐总算扫尽了，长出了一口气，大汗淋漓地跳进了地窝。

随即，它又半立着，把头探出；然后，将窝边的那一大蓬荒草叼着拖了过来。接着，它坐下身，直起脖颈，徐徐摆动着竖直的脑袋，将那蓬荒草虚浮在了地窝口上。

尽管荒草上的浮雪被抖落了很多，但依然残留着瓣瓣雪片，看上去星星点点的，就像是一抔绣着雪花的小土丘。

一经荒草笼盖，便围聚出了一个安详的家。

虽然小白狐知道，这只是暂时的家，可它仍然对妈妈和自己围垦出的这个地窝子很珍摄。它望着顶棚缝隙间的夜幕，惬意地数着丝丝缕缕的月光，终于又感到了踏实、安逸。

其实，这种地窝子，无论是在草原、草地还是荒漠，都很寻常，并没有什么特别之处；不只是狐狸、野兔、旱獭在里面居住或隐藏，有时，连人都会蹲在里面潜伏，只是空间大很多而已。

但小白狐却由衷地感到幸福，好似瀚海大漠中那行将干涸的水洼旁、一株青黄色的孤苗那般的怡然。

小白狐蜷伏在地窝中，很快便睡着了，而且睡得很酣甜，发出了轻柔的呼噜声。可白狐却一直提着心劲儿，只是在蒙蒙昽昽中小憩，打熬着时间，等待着天明。

尽管它也早已困倦难支，很想酣睡一觉，但心中的那根“弦”，却一直在牵系着它，并不时地撴一下，使得它无法安心。

而且不知怎的，它老是觉得心底有一片模模糊糊的阴影，总感到似乎要发生什么。

5

白狐的预感很准。

不久，它就蓦然发现了狼群。于是，它立刻吞吐起浓烈的惊惧，心中翻腾着浓稠的后怕——

如果前半夜，它和小白狐回到了岩洞里，那么狼群一旦闯入梭梭林、略一搜查，它们母子必将无处躲逃，定然罹难；倘若，它没有将自己与小白狐所印烙下的踩、踏、扑、滑的印痕悉数扫净，那么此时，它俩也许已惨遭横祸！

白狐深吸一口凉气，紧紧闭上了眼睛。

它不知提心吊胆了多久，狼群终于奔袭而去；又过了好一阵，它趁着母狼匆匆远去之际，撕裂了两只小狼；继而便带着小白狐逃之夭夭了。

白狐母子再也没敢回来，因而，这片那拉提今后所发生的一切，它俩永远都不得而知。

当母狼赶到沙场的时候，群狼正在围攻牧人和牧羊犬。它一眼就看到了——狼群背后那满是散乱蹄印的雪地上，僵卧着三只哨狼。

它骤然一惊，那颗高悬着的心猛地沉落了下去，直坠得腹腔一阵剧痛。它惊心地扑到眉宇间钉着箭杆儿的哨狼的身旁，抬起右前爪，搭在它身上，使劲推了推。

哨狼只是僵硬地微微晃了晃，没有一点儿声息。

它忽然觉得，眼前晃动了起来，一阵阵眩晕紧勒住了它的脖子，迫使她感到窒息。旋即倒下了。

它慌忙张大嘴，拼命地喘息；雪地上湿寒的劲风，涌进了它的嘴巴，缓缓冻结住了脑海中的眩晕。于是，它慢慢睁开了眼睛。

它咬紧牙，鼓劲站起；继而弓下身，垂头叼住哨狼额前的箭杆儿，使劲地往出拽。然而，带着倒刺儿的箭镞卡在了额骨内，它费尽了气力，也未能拔出。

情急之下，它将嘴巴凑近哨狼的前额，狠狠地咬那坚硬的箭杆儿。它周身都在颤抖，它感到嘴里的钢牙几乎崩裂。

忽然，“嘎”的一声，箭杆儿被咬断了；随即，两条殷红的血道，顺着它的嘴角蔓延了下来。

它抬起头，紧盯着三条牧羊犬身后的牧人，进而目光便钉在了手握弓弩的阿木尔身上。尽管四周围一片灰蒙，它看不清阿木尔的面孔，但却将他身影的轮廓狠命地嚼进了心里。

紧接着，它血脉偾张，周身的血液轰然奔涌了起来，将心中那个人影的轮廓浸染得血蒙蒙的。浓郁的血腥气，激得它一声长嚎，“唰”地扑了起来。

就在这时，狼王率领着苍狼跃入了羊圈，羊群哄然涌荡了出来，乱哄哄、密匝匝地阻挡住了母狼扑棱的方向。母狼只得顶进羊群，猛冲狠撞着向前硬挤，拼命地朝阿木尔逼近。

片刻后，狼王突然冲到了它的身旁，向它沉重地低嗥了几声，母狼脑海中奔涌的狂涛怒浪，这才倏然落潮；顿时，它想起了身后那远处草地的货鞍下，还有着两只稚嫩的小狼。

如果，自己在厮杀中也倒下了，那它俩将成为孤儿……

于是，母狼使劲摇了摇头，奋力扑起，前爪踩踏着绵羊的脊背斜立着，再次盯了几眼阿木尔；然后，它落下身，扑倒一只绵羊，右前爪狠狠一划，便撕裂了绵羊柔软的肚子。

它一边支着双耳吮吸着惨叫声，一边圈着嘴唇狠嚼着滚烫的热血；随后，它又撕咬下了一大块儿血糊糊的肉团儿。那肉团儿在它嘴边微微地抽搐；它紧咬着，一抹身，横冲直撞，突出了羊群。

它扑到哨狼的躯体旁，再次望了望它；进而，抬起右前爪，轻轻抚了抚哨狼那硬邦邦、冰冷的脸，心中奋声嗥叫着，我会再回来的！迎着弓箭扑上去！

母狼奔去了，任凭脸上鲜血淋漓。它狠狠地咀嚼着、用力地吞咽着，它要将血肉迅速地化成浓浓的、融融的、白色的乳液……

母狼终于吃完了，总算回到了在雪地中孤立着的货鞍旁。它刹住脚下的“沙沙”声，轻缓地钻到了货鞍下。

它看见了两张瘪瘪的小毛皮。

母狼只觉得，体内“铮”一声裂响，心弦便绷断了；随即，脑海中一片混沌；紧接着，它直直地蹿了起来，顶翻了货鞍。

在它眼中，货鞍成了僵卧的哨狼。于是，它哭吼了起来。

蓦然，哨狼身旁的小毛皮缓缓鼓胀、圆润了起来。于是，它轻巧地抚摸着，暖暖地笑了起来。

陡然，它听见了小狼“嘤嘤”的哭声。于是，它霍然而起，围绕着哨狼和小狼飞速地旋转着。

…… ……

狼群在返回时，路过这里，想将它带走。可任凭如何顶、怎样拱，甚至用尾巴狠狠地抽打，都无济于事。它们只得黯然离去。

离开前，狼王将两只苍狼合力叼着的半只羊，留了下来。

6

那拉提上的雪，一直没有开化，恐怕得等到来年的春天了；然而，现在还只是初冬。

在漫长的严冬中，它迅速地枯萎了，不久，身上就满是苍白的毛发。虽然它已然羸弱，但是，无论白天还是黑夜，它时常耗费着气力哭啊哭；那音声，时而一丝丝、时而一缕缕、时而一片片……

狼群每每经过这里的时候，都会给它留下点儿吃的，可后来，就再也见不到它了。

它去哪儿了？

群狼只能说“它”了，因为，不知道该如何叫它。母狼？老狼？但是，无论怎样，它们都不愿说“疯狼”。

狼王猜想，它，也许是去追寻白狐了。早在第一次给它留下半只羊的时候，狼王就已经在延展向远方的印痕中，辨析出了白狐的脚印。

可略一思忖，狼王又觉得不会。它在这里僵卧了这么长的时间，白狐早已遁去了踪影，它还去哪里找寻？

其实，狼王早就带着群狼将梭梭林搜了个遍。尽管发现了白狐栖身的洞穴，但它明白，白狐永远不会再回来了。谁都知道，白狐太狡猾了，狡猾得可怕。

所以，狼王根本不去猜测白狐去了哪里。

当然，狼王憎恨白狐；同时，也痛恨牧人；因而，它不知道，该把这笔血账算在谁的头上。

如若，白狐不趁机逞凶，那么小狼便不会残殇；倘若，哨狼没有被那少年牧人射杀，那么它的妻子，就不会因为隐约听到了它猝死时的惨嚎而前去营救，从而离开了小狼；所以，狼王搞不清应该更加怀恨谁。

其实，狼王不必算来算去，因为根本算不清。那一笔笔血迹斑斑的账，在那拉提实在是太多了。

仅仅就在昨日，就跌宕起伏着多少撕肝裂胆和惊心动魄，每一幕，都伴随着剥离体肤般的剧痛——

群狼和牧人的铁血搏杀、牧羊犬的惨烈与悲壮、小狼悲惨的夭折、牧人家园的破碎、白狐母子的惊惶逃命、雪空中的搏击、大雕的惨痛悲怆与轰然陨落、小雕的振翅高飞、母狼的嗥叫与哭笑，以及那令人惊心的浩瀚狼藉中的累累伤痕，无不让这片坚硬而厚重的那拉提，浸染着猩红的热血！

只不过，那浓郁的鲜血很快就会板结；进而，再被后面的大雪覆盖；然后，在春暖花开于冰消雪融中被消解得干干净净，似乎从未发生过什么……

狼

早晨
在山谷中
豺狗发现了母狼的尸体
母狼的眼角上
凝结着一滴带血的泪

一

狼妈妈生了四个宝贝。

这四个宝贝一生下来，就拱到妈妈的肚子下，争着吃妈妈那甜甜的乳汁。

狼妈妈卧在那儿，用四只爪儿拥着四个小狼孩儿，任他们吮吸。她不时地用舌尖舔着他们，用手抚摸着那一个个光溜溜的脊背。望着邻居乌鸦那四个孝子，她遥想着美好的前景，脸上露出欣慰的笑。

日落西山了。孩子们睡着了，睡得香甜极了。狼妈妈趴在洞口巴望着远方，等着狼爸爸的归来……

狼爸爸回来了，他带回来丰盛的晚餐。他们欢快地吃着。狼妈妈静静地听着狼爸爸讲山外的事情。一会儿，孩子们醒了，哭叫着。狼妈妈哄着他们，他们吮着妈妈的乳头，脸上挂着晶莹的泪花，又睡去了。狼妈妈吻干了孩子的泪；啊，孩子的泪竟是甜的。

……一阵山风吹来，狼妈妈醒了。她揉了揉眼睛，望着满天的星星，哦，原来是场梦。

她不安地向外眺望，大地一片漆黑，狼爸爸连个影子也没有。她焦急地站起来，向洞外走了几步，看看正在酣睡的孩子，又停下来，趴在洞口凝视着洞外。

夜静极了，从远处传来了乌鸦悲哀的呼声。

二

第二天早晨。

狼妈妈的眼睛肿胀了起来。昨天，她哭了整整一夜。

狼爸爸从来没有夜不归宿过，现在居然一整夜没有回来，肯定是遇难了。想到她父亲也是在一个漆黑的夜晚没有回来，第二天却在山谷里发现了尸体，她的心头紧缩成一团。

她望着还在做梦的孩子们，伤心地哭了。许久后，她喃喃地说："今后，生活全靠咱们自己啦！"

一缕阳光射进洞穴，照在孩子们的脸上。她轻轻地吻了吻孩子们的脸，转身望着洞口。她的眼睛射出了昔日的凶光，露出了从前那狰狞的面目。

她蹿出洞外，嗥叫一声，震得山谷动摇。她要告诉大地、森林：她要为生计而奔波了，要靠自己单枪匹马地把孩子们拉扯大。

她跨过小河，跃过山岗，蹿过草地……

突然，她站住了，眼里射出绿莹莹的光——不远处，有一个小豺狗正在玩耍。

小豺狗一身金色的皮毛，好看极了。他把毛茸茸的小尾巴夹在肚子下，小脑袋拼命地低着，想咬住它。可那小尾巴又太短，怎么也咬不住。

一只彩色的蝴蝶落在了他的小脑袋上，小豺狗伸出肉乎乎的爪子扑打了一下，蝴蝶飞了起来，但并不飞走，绕着小豺狗转呀、转呀。小豺狗真高兴，多么漂亮的蝴蝶，一定要扑住它。他扑呀、扑呀，可怎么也扑不到。小豺狗摇了摇尾巴，不再理那只彩色的蝴蝶了。

小鸟欢快地歌唱，风儿轻轻地拂荡，万里无云的蓝天上挂着金灿灿的太阳，小豺狗那无忧无虑的嬉戏——一曲多么和谐的森林抒情曲。

吃不吃？可他还小。我那四个孩子也这么大。狼妈妈的眼前，蓦然浮现出了那四个可爱孩子的身影：他们偎依在妈妈的腹下，甜甜地吮吸着乳汁……

母狼走开了。可突然她又站住了。

我的孩子正等着我喂奶哪，不能放走他！不能再耽搁了……为了我那些可爱的孩子，应该不惜一切！我们狼永远与凶残画等号，在我们的心里只有冰块儿和冷血，没有恻隐与同情。想到这儿，她仿佛看到狼爸爸那血淋淋的尸体。她充满了仇恨，尽管凶手不是这只小豺狗！

小豺狗正在欢乐地玩耍着。他时而站起，时而扑倒，时而在绿茵茵的草地上打滚，那肉乎乎的小肉团儿可爱极了。

他多么像我的小宝贝啊——那顽皮的小脑袋瓜，肥墩墩的小身体，胖乎乎的小手，毛茸茸的小尾巴……在母狼的心中，突然升起了一种怜爱的情感。

她不忍下手了。

然而，她仿佛又看见了她丈夫那血淋淋的尸体。母狼又死死地盯着小豺狗。

他的妈妈太粗心了，这么小就让他出来。这不能怪我，这是老天的安排。我们狼的本性就是凶残！现在不吃他，两年后，说不定他就要吃我！于是，她咬紧牙关猛扑了上去……

小豺狗看见了母狼。他调皮地、友善地冲她招了招手：多像我的妈妈。

母狼一口咬住小豺狼的脊背，把他举到了半空。天上，阳光灿烂，万里无云。小豺狗笑了，他的妈妈就经常这样举他。

陡然，一声凄惨的嘶叫……

狼的嘴角淌着一道殷红的血迹……

一只小鸟飞走了，冲向高高的蓝天。母狼跑了，留下了一张带血的小毛皮。

在山洞里。

狼妈妈用奶水喂着四个小宝贝。此时，她眯缝着双眼，显得那样深情、温柔、慈祥。一阵山风吹来，真凉爽。狼妈妈跑了一天，真累呀。

三

天上的月亮真亮，照遍了整个森林、山谷，也照在小豺狗丧生的地方。月光为这里染上了朦胧、凄楚的色调。夜风吹来，树叶、杂草瑟瑟作响。远处的猫头鹰凄厉地叫着。

在一个大石头旁，隆起了一个小小的坟堆。

豺狗妈妈木然地坐在石头旁，失神地望着惨白的月亮。月光映着她冰冷的泪滴。只有风的呜咽，听不见她的哭泣；只有猫头鹰的笑声，听不见她的哀鸣。

她就这么一个小宝贝，他是自己全部生活的寄托。然而，他死了。她的精神支柱倒塌了！她恨！她恨！！她要把凶手碎尸万段！她要把凶手生吞活剥！

猛然，她跃起来，在死一样静的山谷中嗥叫了一声；叫声里，蕴藏着撕心裂胆的悲哀和仇恨……

狼是凶狠的，拖着病体的豺狗能打过她吗？在豺狗的心里，这种意念已经被强烈的复仇烈火焚灭！

她悲鸣着，怒吼着，嗅着气味儿一路寻来……

母狼听见了！嘶嗥声离她的洞口越来越近了！

她回头看了看孩子们，目光又射向洞外，眼里又射出那凶狠的、绿莹莹的光。

豺狗妈妈终于出现在洞口。

母狼做出了角斗的姿势："我们去洞外吧。我的孩子正在睡觉。"

"你的孩子在睡觉？可我的孩子呢？才半岁，就被你吃了！被你吃了！！"豺狗堵住了洞口，两眼喷射着复仇的怒火。

母狼回头看看孩子，小狼儿醒了。可他们什么也不知道，竟相互玩耍了起来。

"这场决斗，不是你死就是我亡。如果我是败者，请不要伤害我的孩子，他们是无罪的。"母狼近乎哀求了。

"难道，我的孩子有罪吗？现在，我要为我的孩子报仇，绝不饶过你们一个！"豺狗发狠地回答。

是绝望，也是对生的希望，母狼突然坚定了胜利的信心。她动了动牙齿，心里想：我一定要胜，我不能死；为了孩子们，我不能死！

她正要猛扑上去，却突然惊呆了！她的心剧烈地跳着，腿渐渐发软了。

一只不懂事的小狼儿，竟懵懵懂懂地爬到了豺狗的腹下，吃起了豺狗的奶水——他认错了妈妈！

豺狗也呆住了！多可爱的孩子呀！他多像我的儿子——那肉乎乎的小身体，毛茸茸的小脑袋……

小狼儿用胖胖的小身子蹭着豺狗的前爪，发出甜甜的笑声。

母狼胜利的信心丧失了，她的防御和将要进行的反攻意识彻底崩溃了。

她双膝跪下了，颤声说着：“别吃他……别吃他……他太小了！杀我吧，我决不反抗！”

虽然她知道，小狼离了她，连两天也活不了，但是，一种神圣的爱驱使着她——这种爱曾使她疯狂过；现在，又使她完全地屈服了。

“求求你了！放过这小生命吧！我和他已死的爸爸永远感激你！”母狼悲凉地哀嗥着。

豺狗的眼睛湿润了。这并不是因为母狼的哀求，而是那小家伙儿太像她的儿子了。

一时间，对自己孩子浓浓的爱，波及这小狼的身上，于是，她不忍心了。爱和恨奇妙地、强烈地组合在一起，这两种无法相容的情感，在她那滴血的心中激烈地滚动着、厮打着……

跪在地下的母狼、甜甜吮着豺狗奶水的小家伙儿、踌躇不决的豺狗、眨眼的星星、微笑的月亮，这一切，都融合在这静静的夜里……

四

“嚓，嚓……”忽然，洞外传来了猎人的脚步声。

豺狗竖起耳朵，慌张地转过身去，飞似的向山下跑去。

可是，她很快就被围住了！一个个黑洞洞的枪口对准了她！

豺狗绝望了！一个个黑洞洞的枪口、一个个紧扣扳机的食指！

刹那间，豺狗将死在枪下！

就在这瞬息间，骤然，从洞穴里蹿出了凶恶的母狼。

……一个猎人惨叫一声倒下了。几声枪响，猎人们朝着母狼的黑影追去……

豺狗得救了。

她呆呆地站在原地，脑海奔涌着。母狼为了什么？为了救我赎罪？为了死去的丈夫？为了避免孩子将要遭受的劫难？

凶恶的母狼、慈祥的狼妈妈的心里，此时，晃动着四个孩子的身影、血淋淋的小毛皮、再也不会回来的丈夫……

猛然，她回过头去望了望自己的家，急速地向豺狗投过乞求的目光。接着一声枪响，伴随着母狼的一声惨叫……

她挣扎着，死命地朝着另一条路奔去。她跃过喧闹的小河，跨过黑黑的山岗，蹿过潮湿的草地，终于，她摆脱了猎人的追击。

她再也跑不动了，摔倒在草地上，痛苦地挣扎着。

在将要死亡的时刻，她突然辨认出，这里正是她吃掉小豺狗的地方。啊，这是偶然的巧合，还是命运的安排？

在这里，她吃掉了可爱的小豺狗，是为了她可爱的孩子；在这里，她就要死掉，更多的也还是为了她可爱的孩子。啊，风真凉啊！

母狼死了。

月亮真明，为大地蒙上了一层薄薄的轻纱。

五

早晨。

在山谷中，豺狗发现了母狼的尸体。

母狼的眼角上，凝结着一滴带血的泪……

…… ……

豺狗带着四个小狼儿回到了她自己的洞里。

也许，从今天起，她就是他们的妈妈了。

豺 狗

——《狼》的续篇

每一座坟墓前的黄土中
都渗透着斑斑血迹
七座坟墓中
有一座高大地耸立着
远远望去——像一尊爱神的雕塑

一

古老的岩石上，威严地蹲坐着一只须发皆白的老豺狗。他那模糊的双眼里，凝滞着混浊的目光。

岩石下，毕恭毕敬地站着疲乏的豺狗妈妈。她竖起两耳，谛听着族长的教诲：

“孩子，杀掉那四个狼儿吧。在上帝造就豺狗与狼的时候，就在各自的心里种下了仇恨的种子。自古到今，我们的祖上喝着他们的血，他们的祖先吃着我们的肉。孩子，用我们的生命来喂养仇敌的孩子，这是自毁！也是叛逆！去，快去杀掉他们！”

苍老的声音伴着瑟瑟秋风，和着纷纷落叶在山谷中飘荡。

豺狗妈妈颤抖着，不知是缘由秋风的寒冷、还是心灵的颤动；两颗晶莹的泪珠在它眼中滚动。浸润着泪水的眼神带着乞求，与族长威严的目光相撞了，那焦点固执地毫不移动。

“尊敬的老爷爷，他们虽是狼的后代，但我们可以养大他们。他们吃着豺狗的奶水长大，可以成为狼与豺狗共同的孩子，可以成为消除两族之间隔阂的开始。只要……”

“不，孩子！他们的身体里流动着狼族的血液。他们的祖辈，把狼性与狼的本能遗传给了他们。他们现在还小，这种狼性尚未萌发，可等他们长大了，就会本能地意识到与我们的区别，而且，天生地会产生敌对的意识。这是遗传的力量，还是杀掉吧！”

“但是，他们还是孩子，在他们的心灵中尚是一片空白；我们完全可以用我们的乳汁和情感，在那片空白上画下豺狗的身影。”

“这怎么可能！狼性，是无可改变的！为了我们的家族，也为了你，快去杀死他们！”

“不！不能！这太残忍了！”

“那就赶走他们！”

“不！离开我，他们连三天也活不了！”

“那就杀！”

“不！……”

“唉，你忘了，你都忘了！想想你的孩子和丈夫！”老豺狗扔下了一个锈迹斑斑的铁夹子，跃下岩石，头也不回地走了。

豺狗被惊呆了。当她看到脚下的铁夹子，顿然瘫软了！铁夹子、铁夹子，夹住了她永世难忘的噩梦……

冬天的浩雪覆盖了大森林。

一条大豺狗经过艰苦地角斗，终于捕杀了獾猪。他也筋疲力尽了。

就在这时，一只隐伏了很久的雄狼猛然冲了出来，咬死了他。

雄狼撕碎了獾猪，大快朵颐；随后，他又撕咬着、剥下了豺狗的毛皮；进而，他拖着一架血淋淋的肢体，扬长而去。

临走前，雄狼故意在豺狗的毛皮上放下了一个铁夹子——那是猎人丢失的。

鲜血染红了铁夹子；上面粘着几缕粗硬的狼毛……

豺狗妈妈叼着铁夹子，恍恍惚惚地回到了家中。

她死死地摁着铁夹子，扫视着洞角处正在熟睡的四个狼儿，一种难言的情感折磨着她的心。爱和恨，交织在一起。她默默地流着苦泪。

她爱丈夫和孩子——她那新婚未久的丈夫、她那刚刚半岁的孩子！两代人的生命，夫与子的鲜血，令她痛恨狡狯、凶残的狼！

沾着血迹而又白森森的狼牙，在她眼前晃动着；本能的复仇烈火，在她心中熊熊燃烧了起来！

族长说的也许是对的，这四个狼儿虽然无辜，然而毕竟是仇敌的后代。一旦他们长大，可爱、无邪的情感就会泯灭，替代而来的便是残酷、无情。等他们长大了，饥饿的时候，也许真要吞噬豺狗或者是豺狗的子孙！狼，狼！毕竟是狼……

豺狗想着，猛然扑到洞角，伸出颤巍巍的利爪，张开了血盆似的嘴……

蓦然间，那只曾经认错了妈妈的大狼儿，拙拙地翻了个身，微笑着梦呓："妈妈，妈妈……"这甜甜的乳声，多像自己的孩子，豺狗妈妈不由得怔住了；继而，她便木然地拥在了大狼儿的身边。

她纠结地闭上了眼睛。那已死去的母狼的泪水，滴落在她的心田。她第一次发现，尽管是仇敌，但母亲之间的心竟是如此相通。母狼为她的孩子而将猎人引走，随即就被枪杀了，她所乞求的就是让孩子活下来！我也因此而得救……

狼和豺狗，祖祖辈辈间一直是仇敌，就因为永无休止地复仇。但愿相互残杀能够完结，那由我来做一次尝试吧，哪怕代价无可想象……豺狗妈妈舔去了滑落到嘴角边的泪水，伸出右前爪，逐一轻轻地抚摸着四个小狼儿。

二

三天后的早晨，族长那沧桑的长嗥声从山上传下。

族长要开会了，也许，就要为四个狼儿的命运做出最后的决定。豺狗妈妈紧紧关闭窗子，嘱咐着四个孩子："除了妈妈回来，千万别开门！"她锁好门，去参加家族大会了。

依旧是那块儿古老的岩石。岩石上站着年迈的族长，岩石下聚集着豺狗的子孙。

族长开口了，声音仍然是那样的苍老缓慢：“孩子，想好了吗？”

豺狗妈妈扫视着众豺狗，低声而又坚定地说：“留下来。让我来改变他们。”

老族长摇了摇头。“不！为了整个豺狗家族，不能留下它们！但是，我也不难为你，勇士已经出发了，让他代你去执行使命吧！”

啊，勇士？那个凶猛剽悍的豺狗卫士，已经去杀我的孩子了！豺狗妈妈倏然一惊，惊恐和绝望顿时升腾了起来。

她忘记了眼前还有一位德高望重的族长，猛然转过身躯，发出震天动地的嗥叫，向家扑去。

族长叹息着，皱了皱眉头。众豺狗注视着族长。

老豺狗摆了摆手：“随她去吧，她将死无葬身之地！这也算是对她叛逆之心的惩罚！”

豺狗妈妈的洞前，勇士正用自己健壮的身躯一次次地撞击着门板。门板不住地发出难以支撑的“吱吱”声。四个小狼儿瑟缩在一块儿，哭着叫喊着妈妈。

豺狗妈妈从山上奔下，几乎是四爪离地，飞一样地奔突。这熟悉的山路，今日竟如此漫长。蓦然，勇士撞开了门板，哭喊妈妈的声音戛然而止！

豺狗妈妈陡然闯进了洞门，那血红的双眼里射出瘆人冷光，吱吱响的牙齿透出残忍的野性。她向前一跃，凌空而起，落在了勇士与孩子们的中间，用自己那瘦弱的身躯遮住了吓呆的四个孩子。

“你要干什么！”豺狗妈妈那血红的嘴里，喷出冰冷的怒吼。

“奉族长的命令，杀掉他们！他们是狼崽子！”

“不！他们是我的孩子！”

“躲开！否则……”

“你敢！”豺狗妈妈的脸上冻结着冰一样的冷笑。“先杀掉我，再来咬死这四个手无缚鸡之力的孩子！这才是‘真正’的勇士！”

勇士没有再说什么，伸出锋利的双爪，猛地扑向了豺狗妈妈身后的四个小狼儿。豺狗妈妈随之跃起，用颧骨凸出的面庞承受了这狠命的一抓。霎时，她的脸上出现了三道血沟，淋漓着殷红的鲜血。

猩红擂响了两只豺狗各自心中的催战鼓。两双血红的眼睛，逼视着对方。随即，他俩骤然同时扑起。

豺狗妈妈倒下了，摔进了洞角里。

勇士趁势又扑了过去。没有嘶鸣，没有惨叫，只是默然无声地搏击。复仇之心、慈爱之情，成了各自最锋利的武器。

四个小狼儿慌忙跑出门外。豺狗妈妈看到孩子们已经跑了出去，心头宽松了一些。勇士又向她扑来，她敏捷地一闪，

“唰”一下蹿出了洞口；紧接着，她回手反锁上了洞门。

“孩子们，快跑！”豺狗妈妈带着四个孩子落荒而逃。

勇士的呼唤声从屋里传了出来：“小心——狼是无情的！”

三

夜，漆黑漆黑的，伸手不见五指。空中不时刮来深秋的寒风，森林里越发萧瑟了。

奔跑了一天的他们，再也走不动了。

在一块儿大石头的下面，有一个小洞，仅能容下豺狗妈妈或是四个小狼儿。孩子们在洞口睡着了。

拖着疲劳之躯的豺狗妈妈，匆匆往返几趟，叼来了一些干草；随后，她把干草拖进洞里，铺好了床铺；进而，她又将睡熟了的孩子们一个个叼进去，并把剩余的干草盖在他们的身上。

孩子们发出着阵阵轻微的鼾声。也许，他们正做着幸福的美梦。大狼儿不时用前爪抹一下流在嘴角边的涎水。

天光大亮时，孩子们醒来了，他们拱着妈妈。妈妈睁开酸涩的双眼看着他们；她那伤痕斑斑的脸上，漾起了微笑。

“妈妈，我们饿了。”孩子们撒娇地蹭着妈妈。

豺狗妈妈站了起来，只觉得头晕目眩，一下子跌倒了。她这才觉得自己四肢冰冷，头脑燥热。

“妈妈，你怎么啦？快起来呀，我们饿。”不懂事的孩子们还在喊着，“妈妈，妈妈起来。”

豺狗妈妈极力支撑着，终于站了起来。“孩子们，千万别乱跑，妈妈去给你们弄吃的，一会儿就回来。”她深情地看了看孩子们，蹒跚着脚步、摇晃着身躯，走下了山峦。

深秋的大森林里空荡荡的，什么也没有。豺狗妈妈转呀、转呀，转了许久，什么也没找到。突然，在一棵大树下，她看见了一个黑亮亮的铁夹子，上面挂着一大块儿诱人的腊肉。

她轻轻哼了一声：“圈套！”便轻蔑地看了一眼，转过身走了。

可是，不一会儿，她又转了回来，她耳边似乎传来了孩子们的哭叫声。是啊，就要入冬了，觅食已经非常困难；要不，就拿走这肉块儿？不行，这是狡猾的猎人设下的圈套，很可能不但取不走肉块儿，兴许还得丧命。我要是死了，那四个孩子也就活不成了。

尽管豺狗妈妈迟疑着，可她还是谨慎地伸出了抖动的右前爪；同时，紧张地思忖着，不要用嘴去咬，而是飞快地把肉块儿扫出来，也许能够避闪开铁夹子的咬合……

但是，看着那黑亮亮的铁夹子似乎正在狰狞地恶笑，她又本能地将右前爪缩了回来。

突然，她仿佛听见了孩子们的哭声和惨叫，于是，便一咬牙关、横下了心，随即，她飞快地弹出了右前爪。

虽然右前爪扫出了腊肉，可在惊惧间，那抖动的右前爪难免略有迟缓，因而，没能飞闪出铁夹子的吸嘲，而被牢牢地夹住了。

猛一阵剧痛，豺狗妈妈栽倒了；那满头的冷水，顺着她脸上的伤口滴淌了下来，蜇得她浑身颤抖。

她挣扎着，忍着钻心痛楚，硬撑着站了起来。她低头咬断那拴着铁夹子的绳索，继而，拖着铁夹子、叼着腊肉，跛着向家蹦跳着走去。每挪一步，那彻骨的疼痛，都令她渗出一身冷汗。

走过小河，小河在哗哗地流淌；走过草地，草地上空空荡荡；走向小山丘，上面站着一只眼放绿光的雄狼。

“站住！为什么来到我们狼的领地？”

“为了我的孩子！”豺狗站住了，她坚强地挺着，左前爪紧压着那块儿腊肉。

“是我姐姐的孩子！”雄狼高昂着头，逼视着豺狗。

豺狗又仔细地看了看：是啊，那只母狼长得与他太像了。“也是我的孩子！”

“哼！你的孩子？早被我姐姐吃了！要不是你去找她，她要不是为你，怎么能死？你就是杀我姐姐的仇敌！”

豺狗没有再说什么，她已明白，这只雄狼与她的族长非常相似，跟他是辩不清理的。因为，永无休止的相互残杀，早已在两族之间烙下了仇恨的深深印记！

豺狗默默地积聚着力量，准备着一场搏击。

然而，雄狼却哈哈大笑起来。“你现在这副样子，还想跟我搏斗？好吧，现在我先饶了你，等我的外甥们长大了，我再找你算账！”说完，他掉头走了。

…… ……

洞里的孩子们已经饿极了，悄然长大了一些的他们，狼吞虎咽地分吃着腊肉。豺狗妈妈匍匐在洞口，一边欣慰地看着孩子们欢快地咀嚼，一边用左前爪轻抚着痛、麻的右前爪，在焦愁地思虑：

这儿的骨头已经断裂！铁夹子也只有猎人才能打开。怎么办？这顿之后，自己还得去捕食……

蓦然，一个念头一闪而过……

豺狗妈妈猛一吸气，突然张开大嘴，对准了右前爪的塌软之处，使出全身的力气，狠狠咬了下去。

“啊——！”她抽搐着，翻滚着，被咬下的右前爪、沾满了鲜血的铁夹子跌落在地上，她昏厥了过去。

…… ……

不知过了多久，洞外的豺狗妈妈醒来了。孩子们都在熟睡。

生命是顽强的，豺狗妈妈终于活了下来。

大森林里，时常颠簸着一只跛腿的豺狗，她的身后紧紧地跟着四只小狼儿……

在春花、夏雨、秋月、冬雪的交替浸染间，豺狗妈妈的皮毛中，已渐渐显露出了一些白发。

一眨眼，两年过去了，四个小狼儿长成了健硕的雄狼；尤其大狼儿更是勇猛凶悍。

四

大狼儿越大，越发明显地感觉到，他与妈妈之间，似乎存在着一种隔阂。这种隔阂是什么，是感情的差异？还是躯体的区别？他也不知道，似乎二者皆有。

暗蓝色的夜空，缀满了闪闪烁烁的星星，风儿也在轻轻地吟唱……大狼儿有一种模糊的感觉：无论谁，不管在什么条件下，只要触及他的利益，他就会毫不客气地报复。

望着小溪里闪光的星星，大狼儿还在思索：

妈妈好像与我们四个弟兄不太一样。她的耳朵大，尾巴短而软，四肢也不很健壮。这是怎么回事？……

“哥哥！哥哥——！”忽然，弟弟焦急的呼喊声，由远传来，打断了大狼儿的思索。

“干什么？”大狼儿冷冷地问。

“妈妈又晕倒了。”

“啊？真的！”大狼儿一阵惊慌。

“哥哥，快回去吧！”

“弟弟，你和老三、老四照顾好妈妈，我去给妈妈弄些吃的！”说完，他飞快地向东奔去。

豺狗妈妈的床前，围拢着三个孩子，她那蜡黄的脸上，带着满足的微笑。“老二，你哥哥怎么还不回来？都一天了，我真是放心不下。孩子们，等你哥哥回来了，我的病也会好一些；我带你们去一个地方，告诉你们一些你们应该知道的事。”

孩子们面面相觑。

屋门突然被撞开了，疲劳的大狼儿闯了进来。“妈妈，你好一点儿吗？我给你带来好吃的啦！”大狼儿扑到床前，心疼地望着妈妈。

妈妈更为心疼地看着大狼儿，抚着他的头。“孩子，妈没事，别担心。拿过来，让妈看看是什么好东西。”一种幸福的欣慰感涌上了她的心头。

大狼儿得意地叼过猎物。

刹那间，豺狗妈妈惊恐地叫了一声。大粒的汗珠滑落下来，她那蜡黄的脸倏然变得铁青，暮色般的双眼里冒着怒火。她的胸脯急剧地起伏着，似乎马上就要炸裂。

一只幼小的豺狗在地上滚爬着。他那伤痕累累的身上，血迹斑斑。

豺狗妈妈的心紧缩成一团，滚爬的小豺狗变成了一个小小的坟堆，一张带血的小毛皮僵卧在里面……

她几乎是疯狂地扬起了左前爪，带着满腔的积愤，运足了浑身的气力，猛抽在大狼儿的脸上！“畜生！根本就不听话！”

大狼儿陡然滚倒在地上，鼻孔里的血溅洒了一片。他木呆呆地坐起身，傻愣愣地望着盛怒的妈妈，空白的脑海里骤然“嗡嗡”直响。

好一会儿，他才缓醒过来，嗥叫了一声，“唰”地蹿出门外，疯了似的奔向了茫茫的大森林。

望着大狼儿远去的方向，豺狗妈妈的心几乎被撕裂了。她蓦然发现，在她最心疼的、曾经认错了妈妈的大狼儿身上，复活了那早已死去的、母狼身上的一些东西。

他似乎有一种天生的残酷本性。他真像他的母亲：只要自己需要，便会毫无顾忌地去损害别人，哪怕对方老迈或是弱小。今天，他竟不听我平时的教诲，抓了一只幼小的豺狗，尽管是为了我！

不！决不能容忍！一定要改变他！

五

大狼儿奔蹿着，想用这亡命般的狂奔，来减轻内心的痛苦。他怎么也想不通，自己奔波了大半天，为了有病的妈妈，冒着生命危险，到豺狗的领地抓了一只嫩嫩的小豺狗，却引起了妈妈的暴怒！

妈妈为什么一看见受伤的小豺狗，就那样恐慌、心疼？而且，她的耳朵、尾巴与小豺狗的又是那么相似，难道，她……不，不会的！我的妈妈怎么会是豺狗？

突然，大狼儿感到，四肢猛然沉陷了下去。“啊！我掉进了猎人的陷阱！”他顿时扫去了沸腾的思绪，所有的神经都紧绷了起来。

大狼儿慌忙站起身，两只前爪奋力扒着阱壁，拼命地使自己站得高些、再高些。然而，这一丈多深的陷阱，他无论如何也爬不上去。

垂死的挣扎是最疯狂的，垂死时的心情是最惶恐的，顷刻间，汗水便湿透了大狼儿那长长的狼毫。

他在死命挣扎，他在竭力挣脱，可是，他却不能嘶喊——他不敢招惹猎人那机敏的耳朵。

然而，不管他怎样蹿、蹦，都无法摆脱陷阱的圈禁，只有等着猎人的绳索来套箍他的脖子。

骤然，一根粗粝的绳子从井口扔了下来！

大狼儿抬头一看，出现在井口的竟然不是猎人，而是一只高大的老狼。“喂！孩子，抓住绳子，使劲爬！”

一阵劫后余生的狂喜，令大狼儿紧抓绳子，竭尽全力攀出了陷阱。他终于得救了！

“谢谢您，大伯！”大狼儿感激地引颈长嗥。

“不用谢，孩子。救我的亲人，是应该的。”

“什么？”大狼儿疑惑地望着老狼。

“怎么？不相信？你摸一摸你的后脚跟，看看有没有一个肉瘤。”

大狼儿摸着自己的肉瘤，觉得奇怪，这肉瘤连他自己也未曾留意过，而一个素不相识的老狼却了如指掌。

“孩子，那是你从娘胎里带出来的。你看着我，我是你舅舅啊！”

“啊？妈妈从来没有说过我有舅舅！”

“你妈妈在你们还不懂事的时候，就被枪杀了。”

“不，不！您搞错了，我妈妈在家里呢！”

老狼沉稳而又坚决地摇了摇头。“孩子，你受骗了。你听我讲——

“两年前，有一个年轻的母狼，她的丈夫死了。她为了自己的四个小狼儿，吃掉了一只小豺狗。可是当晚，那小豺狗的妈妈就引着猎人找到了她家。那个年轻的母狼，便死在了猎人的枪下！

“但是，豺狗并不就此罢休。她假装仁慈，养大了那四个狼儿，想让那四个孩子去残杀他们的同类——狼！

“而那四个狼儿，竟认贼为母，把仇敌——豺狗当成了自己的亲妈妈！那四个狼儿不是别人，正是你们兄弟四个！”

老狼说完，紧盯着大狼儿。大狼儿倒退了几步，瘫坐在地上，犹如五雷击顶，头昏沉沉的。

……妈妈在和那凶猛的豺狗勇士搏斗，面庞上蠕动着三条鲜红的血道……

……妈妈拖着夹子、叼着肉块儿，爬呀爬呀，浑身大汗淋漓……

“不，不！这不可能，不可能！她是我们的妈妈！妈妈是最疼爱我们的！”大狼儿陡然跃起，怎么也不能相信，他们的妈妈会是豺狗，而且，还杀了他们的亲妈妈。

大串大串的泪水，从老狼的眼中涌了出来。“苍天哪，睁睁眼吧！挽救我这痴迷的狼儿吧！孩子，我们狼的家族是刚强的，从没有出现过叛逆！作为狼的子孙，你应该维护我们的家族！想想你那亲生母亲的不幸，不要被豺狗那虚情假意的奶水蒙住了眼睛、良心和种姓！”

真奇怪，老狼的眼泪竟引起了大狼儿本能的伤心。然而一时间，他真不敢相信，他的妈妈居然是杀死他亲妈的仇人！他呆滞地凝望着老狼。

……妈妈的耳朵大而圆，尾巴短而软；那只小豺狗的耳朵也是大而圆，尾巴短而软……

……妈妈与我之间，确乎有着一种隔阂，难道是因为……

……妈妈那颤抖的手，狠狠地打在我的脸上，只因为我抓了一只小豺狗……

“不，不会的，这怎么可能？”很明显，大狼儿心中刚才那愤怒的抗争，现在已然变成了带有疑惑的否认。

老狼看出了大狼儿心绪的微妙变化，继续狡黠地说：“难道，你没看出——你那所谓的妈妈和你的区别？只要看看她的耳朵和尾巴，你就应该知道她根本不是狼，而是豺狗！所以，她不是你的亲妈，而是你的仇人！豺狗很凶残，她把你们养大了、养肥了，然后，作为她晚年的美餐！”

“不，这不可能。我亲眼看见，她为了救我们，和豺狗勇士的生死搏杀。还有，她为了我们，咬下了自己的手……”

“傻孩子，这才是她最狡诈的所在！否则，她现在依靠谁、将来吃掉谁？你要还不相信——那跟我走，去看看你亲妈的坟墓！”

尽管大狼儿仍不太相信，可还是身不由己地跟着老狼走了。

荒凉的坟堆前。

老狼指着坟头说：“孩子，你看——那座小的，是小豺狗的坟茔；这座大的，是你们生母的归宿！”

大狼儿默默地站立着，想象着生母的音容。

“孩子，快过去！快！”老狼忽然拉住大狼儿，迅速躲进了坟堆旁沙丘的后侧。

远远地，老豺狗跛着腿蹒跚而来，身后跟着三个狼儿。

六

风，撩卷着坟堆前的尘土，扑撒在豺狗妈妈和三个狼儿的身上，使他们显得灰蒙蒙。

豺狗妈妈怆然地对狼儿们说：“孩子们，你们都已长大了，应该知道自己的身世了——你们，本是狼的后代；我不是你们的亲妈妈……”

说着，她微微颤抖地指着一小一大两个坟头。“这座小坟里，埋着我亲生孩子的毛皮。他刚刚半岁，就被吃掉了。那座大坟里，是你们的亲生母亲。她为了你们，吃掉了我的孩子！当我去找她报仇的时候，猎人来了。她还是为了你们，毅然引走了猎人，死在了猎人的枪下。后来，命运让我成了你们的妈妈……”

混浊的老泪，顺着老豺狗面庞上的道道伤痕，扑簌簌地滑落而下。

“她在胡说！”老狼带着大狼儿从沙丘后转了出来。“老豺狗，还认得我吧？”

“认得，当然认得！”豺狗妈妈目光一跳，随即伤感地看了看大狼儿；紧接着，她又侧脸悲戚地看着身边的三个狼儿。“孩子们，他是你们的舅舅。老大，想必你已经知道了吧。”

大狼儿站在老狼的身边，低垂着头不敢看妈妈，喃喃地问道：“我到底是狼，还是豺狗？”

老豺狗久久地注视着大狼儿，目光忽儿恍惚，忽儿清晰。她极力抑制住哽咽，缓缓地说：“你身上流着狼的血液，却是在豺狗奶水滋养中长大的。你，是狼和豺狗共同的孩子！”

老狼赶忙说：“孩子们，都过来，到舅舅这边来！”

三个狼儿迟疑着，面面相觑。

老豺狗深深地吸了一口气，凄楚地说：“到你们的舅舅那儿去吧。”

她使劲吞咽着劲烈的寒凉，蹲坐在了地上，那一颗心仿佛浸泡在冰水里。树上的乌鸦瞪着血红的眼睛，哇哇地叫着。

“老豺狗，你不要再花言巧语了，是你引去了猎人，杀了他们的妈妈！”老狼咆哮着。

乌鸦看看凶恶的老狼，吓得“哇”一声飞走了。

老豺狗跛着脚，昂首站了起来。她威严地怒视着老狼。可当她转而看孩子们的时候，她那颗充满着慈爱的心又被拨皱了……

大狼儿低垂着头，犹豫着、纠结着……

三个狼儿紧紧地注视着老豺狗：她那花白的毛发在山风中飘动；有些暗淡的眼睛里，涌起了一层泪花；脸上的三道伤疤在微微地抽搐；她跛着脚，斜着身子，凝望着……

那目光多么熟悉呀！小时候，每当他们睡觉的时候，她总是这样望着他们。

“不！我们只知道她是妈妈！”三个狼儿异口同声地说。他们立刻挡在妈妈的身前，逼视着老狼。

老狼张开血盆大嘴，惨然狂笑：“大狼儿，快上！快拯救你的三个弟弟！唤醒他们！”

“拯救？”大狼儿望着妈妈那条残肢，迟疑着。“唤醒……”

老狼不再言语，猛然嗥叫一声，扑向了老豺狗。

老四惊然跃起，几乎与老狼同时扑纵。然而，没有一个回合，年轻的老四便一声惨叫，跌倒了。他翻滚着，鲜血喷溅在妈妈和两个哥哥的身上。

不知怎的，山风骤息，乌云在涌动。

老二、老三的眼睛霎时变得血红，他俩“唰”地分开，将老狼夹在了当中；进而，他俩同时跃起，相对扑向了老狼。两声无情的长嗥交织在一起！

狡猾的老狼陡然后闪，两只狼儿狠狠地撞在了一块儿。白沫与鲜血从他俩的嘴中喷涌而出！

三个狼儿在瞬息间纷纷倒地，老豺狗倏然疯了！她迸出所有的气力和仇恨，一头撞向了老狼。

老狼再次避闪开，继而，一抹身形猛扑上去。他扑倒了老豺狗，狠狠地撕着、死命地咬着。一块块肉，一股股血……

一切，所有的一切都爆发得太突然、太猛烈。爆发后的惨烈，终于刺醒了大狼儿，使得他疯狂地挣裂了狼性的理智。

“妈妈——！”一声霹雳，震撼着墓地。

大狼儿一跃而起，凶烈地扑向了老狼。

老狼尚在血泊中撕咬着老豺狗，大狼儿死命地将他扑开，随即，他的利爪便狠狠地抠进了老狼那暴戾的眼眸。

老狼惨痛地嗥叫着、翻滚着，捂着流血的眼睛，仍然在咒骂：“孽种！叛逆！不得好死！”

大狼儿死死地卡住他的脖子，对准他的喉咙，张开大嘴，猛咬了下去，随之奋力向后一扯！

老狼一声呜咽，剧烈地抽缩着；旋即，便僵硬了。

大狼儿转头望着老豺狗，老豺狗在荒草中痛苦地抽搐着，艰难地睁开了双眼。她身旁卧着三个狼儿，每一个的身下都散漫着一摊暗红色的血迹。那血已渗入了黄沙之中。

“妈妈——！”大狼儿扑向了老豺狗。“妈妈——！！”

他伸开前肢拥着妈妈，目光里浸满了无尽的忏悔。

妈妈那慈祥的眼睛里，瞳孔在渐渐地扩大；面庞上那三道伤疤，在微微地翕动；嘴角边，泛起了一丝僵滞的微笑。

老豺狗一直睁着眼睛。

七

七座坟堆一字排开，组成了一片坟茔。苍凉，沉寂……

所有的爱和恨，都埋葬在了这里。

每一座坟墓前的黄土中，都渗透着斑斑血迹。

七座坟墓中，有一座高大地耸立着。远远望去，像一尊爱神的雕塑。

猎　人

雄伟的唐古拉山沐浴在金红色的晨光中
他站住脚蓦然回首
眺望着迷离的雪峰、喃喃地说
我找到了阿爸，也见到了波拉
我还是猎人

一

唐古拉山终于到了。

格列仰头望去，一列列被白雪覆盖的、银质般的峰峦，隐没在迷离的紫雾中，变幻出玄妙的光彩。一只蓝鹰与格列对视了许久，盘旋着，冲入了暗红色的天宇。

格列觑起眼睛，一个个闪烁的光环飞旋着，令他有些目眩。他回身眺望凶险的藏布（藏语 江河），只见藏布汹涌着，发出震撼雄山的呼啸声，飞流直下无垠的青藏高原。

也许，阿爸就在雪峰之巅！

不久前，格列曾仰望到那与雪豹格斗、悬浮在半空中的阿爸。虽然那是在海市蜃楼中浮现出来的，但他却深深地感到，阿爸不仅是一个猎人，更是一位巴乌（藏语 英雄）！

一想到那角斗的场景，格列便开始颤栗，浑身的骨节都在有力地响动，体内倏然澎湃起巨大的热浪，几乎要挤破他的胸膛，喷洒而出。

在那次海市蜃楼突现之前，多少年来，阿妈很少提及阿爸。除了无力的喘息、难言的叹息，她就像僵硬的石人，刻板而沉郁；朝朝暮暮间，毡房里总是流溢着沉闷和枯寂。

格列原以为生活就是如此。然而，由于那鬼使神差地海市蜃楼的涌显，使得他和阿妈心中的寂寥就像草甸烧荒似的被焚烧掉了！格列第一次感到内心的澎湃、感到生活的缺失。

那是格列有生以来第一次看到海市蜃楼——

天空骤然雪亮，耀眼的光芒在云蒸霞蔚中，辉映出一派真切的影像——

雪峰上，一个雄壮的大汉和一只健硕的雪豹对峙着。那大汉用头顶死死地抵住雪豹的下颌，紧紧地攥着雪豹的利爪，要将它奋力摔倒；而雪豹则如人一般直立着，在凶烈地嗥叫，它的双爪死死按住大汉的双肩，竭力要将他压倒。

对抗、相搏，那凝聚而又僵硬的力量，似乎要压塌雄伟的雪峰。

"猎人！"格列的心在激烈地震颤，"巴乌！"

"多吉！是多吉！"阿妈蓦然狂呼。

"什么？！"格列惊愕地望着阿妈。

"对，那是你阿爸！"

"阿爸！"格列惊呆了，"阿爸……"

"格列，快去！找回你阿爸！"

格列紧闭了一下眼睛，闭合了回忆，继续攀行在唐古拉山上。

一踏上雪线，他就感到，背后有一双眼睛在紧盯着自己。惊然回首，身后除了刺眼的白雪和自己留下的足印，一无所有。然而，他总觉得，四周围隐伏着两束狞厉的目光。

积雪在格列脚下“咯吱吱”地响，除了这单调的声音，周遭的一切仿佛都被冻结了。格列从斜挎着的行囊中取出老羊皮酒囊，又抓出一把牦牛肉干儿。他喝了几口青稞酒，顿觉心里热辣辣的，逼出了体内的寒气；继而，他将肉干儿一把塞进了嘴里。

突然，一声沉闷的咆哮陡然震响。格列连忙收起酒囊，紧张地环视，只见前面不远处，一个大雪包在蠕动，进而，便猛然竖了起来。啊！是一只巨大的雪熊！

一定是浓烈的酒味儿，将雪熊撩拨得醒来了。

不知为什么，雪熊对酒味儿甚是敏感，只要一闻到酒味儿，哪怕是在冬眠中，它也会惊然苏醒，立时暴怒。

格列慌忙退后了几步，刚一摘下背后的猎枪，那雪熊已然扑来。他急忙一闪，雪熊扑空了。可不待他站稳，熊掌就撩着一股劲风，向他抽来。他挥起猎枪，格开了熊掌；枪被震飞了。

雪熊低沉地咆哮了一声，意识到自己碰上了对手。格列瞥了瞥近旁的猎枪，突然打了个响亮的呼哨，引得雪熊猛一仰头；格列趁势就地一滚，伸手抓住了枪。几乎与此同时，雪熊又扑了过来。

枪响了，四下里震荡起此起彼伏的回声；火药味儿弥散开来；格列手中的猎枪，被雪熊匆忙中抡舞的前掌打飞了。

雪熊后退了几步，侧倒在地上。它腹部那雪白的皮毛被鲜血浸湿了；随即，鲜血滴淌下来，融化了它身下的积雪。

雪熊咬了咬牙，又翻起身来；它使劲按着前掌，蹲伏在地上。

格列用余光瞭了一眼一丈开外、雪地上的猎枪，他知道，在雪熊的怒视下，这般距离，自己无法进前捡枪；否则，在辗转间，自己刚一伏腰弓身，雪熊定能扑到自己身后。

雪熊极力抑制着抖动，忍着伤痛、蓄积力量；它一边随时准备阻挡格列移身拾枪，一边等待着他直扑上前。

一丝冷笑，浮上了格列的嘴角。他清楚，只要自己往前一跃，雪熊立时就会抡起厚重的前掌，将他拍成一张肉饼。格列纹丝不动，静静地站立着，直直地逼视着雪熊。

又起风了，风很猛，卷起大团大团的雪尘，推搡着格列。格列又取出老羊皮酒囊，喝了一大口，狠狠地向雪熊喷去；随后，他“唰”地拔出了短刀。

浓郁的酒味儿散漫着。

再一次闻到酒味儿，雪熊又无法隐忍了，一声声狂暴地咆哮起来；紧接着，它扑跃而起，随着一个人立，挥舞起了前掌。格列伏身闪过，大喝一声，手中的短刀狠狠刺进了雪熊的前胸。

一股浓腥的热血喷涌出来，雪熊捂住伤口，后退了几步；进而，它痛苦地呻吟了几声，那庞大的身躯摇了摇，便重重地跌倒了；随之无力地蹬动着后腿。

“阿爸，我也是巴乌！”格列笑了，弯腰拔出了短刀。“等着我，我一定能找到你！”

格列喃喃自语着，又盯了一眼雪熊，不禁心弦一紧。不，这不是那双盯着我的眼睛！那双眼睛比它要机警！

二

格列从未见过这么美的雪光夜色。

满天的星光闪烁着一千点、一万点银花，撒落下来笼罩了莽莽的唐古拉山。于是，雪地里便浮起了像雾一样缥缈、像云一样轻柔、像水一样流动的柔光；那苍茫的远处，流溢着一汪幽蓝，显得很安详、很静谧。

格列被浸润了，觉得身体似乎都有些轻飘，这使他感到，雄浑的唐古拉山也变得温柔了起来。

突然，前面划过一道银灰色的弧光，两束暗红色在灼灼地闪动。

眼睛！机敏的目光！

格列顿时紧张了起来，立刻握紧了枪。它到底是什么，为什么总在暗中窥视着自己？

格列不禁打了个冷颤，连忙驻足，将羊皮袍反穿，露出白色的羊毛，伏在了雪地上。他侧耳倾听着，双眼在细细地搜寻。

终于，细碎的沙沙声传来了，尽管很轻微，但还是被格列捕捉到了，他看见了又在闪烁的、暗红色的眼睛。它究竟是什么？格列既闻不到刺鼻的腥味儿，也听不见粗重的喘息，也许，它不会有多大。

那双眼睛四处张望着，像是在搜索着什么。它是在找我吗？格列暗想着，从行囊里摸出火棒，又掏出一块儿火石，然后使劲地一摩擦，火棒"噗"地着了。随即，他举起燃烧的火棍，向那双眼睛投去。

火棒在空中翻了几个滚儿，仿佛一串流火；紧接着，它手柄的一端扎在了雪地里，突突地燃烧着。星光、雾气、暗蓝蓦然隐去了，眼前闪起一片光亮。

呦，原来是一只小雪狐！它好精美、好秀气，浑身透着皓雪的灵气，那么洁白、那么飘逸；在火光的映衬下，它周身又被染上了一片橘红，闪着白红相揉的光彩。

小雪狐显然没有见过火，它愣愣地瞅着，竟不知害怕，而且居然还伸出一只小爪去戏弄那火团，不想被火燎了一下，又倏地缩回；随即，它"吱吱"地叫了几声。

格列不由得笑了，这小家伙儿太可爱了，我得把它捉住！等找到了阿爸，带它一起下山！格列暗想着，又从行囊里摸出套索，绕在左手上，右手攥着皮套。

就在他即将扬手的一瞬间，猛然从侧翼袭来了一道暗影。他陡然感到脸上一阵灼热，紧接着，冰裂似的绽出了丝丝疼痛。他一摸脸，湿漉漉的，血！

格列立即放下套索，端起了枪。然而，他又怔住了！

只见，暗夜下，雪地里，火团旁，出现了一只老雪狐。它一边遮掩着小雪狐，一边仇视着格列。它大声地嘶叫着，尾巴急促地抽扫着小雪狐。显然，它是在催促小雪狐立刻离开。

可是，小雪狐极不情愿，它歪着头、瞪着眼，晃着毛茸茸的尾巴，围着那火团打转，丝毫没有察觉到危机。

格列把枪放到一旁，又拿起了套索。

情急之下，老雪狐不再催赶小雪狐了，而是惊惧地将它扑倒，自己紧紧伏在它的身上；它那双惊悸的眼睛死盯着格列，发出了两声长长的、绝望的哀鸣。

“吱——吱——”在这静寂的雪夜里，那音声显得很是惊恐、无助和孤凄。

格列愣住了，深深地凝视着雪狐母子。

只见，老雪狐的脸上挂着两串亮亮晶的泪珠，它尽量伸展开躯体，遮蔽着身下的小雪狐；而小雪狐还在骚动不安地扑腾着。

格列心中一抖，不觉松开了套索。

火棒渐渐地暗淡了，小雪狐对它总算失去了兴趣，跟着妈妈走了。老雪狐惶然地回望了格列几眼，眼神中燃烧着惊慌。

不是这双眼睛！格列心头一沉，那觊觎的目光很镇定！

雪狐母子消失了，格列的疑惑又变成了惆怅。不远处的火团，在他失神的目光中熄灭了。夜，更沉了。

“阿妈……”格列收起套索，呢喃着；进而，他抱着枪，坐在雪地里。

天上的星星远去了，璀璨的星光缥缈了。尽管他一再告诫自己不能在雪地里睡着，但还是不由自主地、徐徐地闭上了眼睛。

“格列！格列！！”不知怎的，格列的耳旁骤然呼啸起阿妈那惊惶的声音；旋即，便催发了浩荡的风涛。

那怒潮般的风涛声，一浪比一浪急，一阵比一阵猛。无数点坚硬的雪粒飞扬而起，击刺着格列的脸，直打得他生疼，他终于被惊醒了！

呀！雪山风暴！不好，我得赶紧避离！否则，这暴风会卷起雪尘，将我覆没！格列想站起来，但飓风使劲按住他，拔地旋起的、密集的雪尘，立即形成了雪墙，向他扑倒而来，轰然淹没了他的双腿。

格列拄着猎枪、迸出浑身的气力，硬撑着站起。他很想立时找到一个避风的地方，可风雪已迷住了眼睛，他什么也看不见了。随即，他再一次被突然耸起、又忽然扑翻的雪墙推搡、压倒，却已无力挣扎。

“轰隆——”一个巨大的雪丘爆裂了，飞散的雪块儿如一汪凌空的海浪，铺天盖地地向他袭来。瞬息间，他被埋没了，强烈的窒息感将他死死地绑缚。

“阿妈——！绿度母菩萨——！”格列绝望地、无声地嘶喊……

就在这生死跌宕之际，雪堆很快被扒开了。

格列在惊异间深吸了一口气，趁势鼓起了劲儿；可他刚要爬起来，一股沉重的力量一下将他压住，使他动弹不得。他顿然感到脊背火辣辣地疼；他知道，按住自己的，一定是一只猛兽的利爪。蓦然，他想到了那双狞厉、机警、镇定的眼睛！

瞬息间，他的心中也骤然刮起了风暴：毡房、羊圈、篝火、阿妈那疯狂的呼唤、阿爸屹立在雪山峰顶与雪豹搏斗……

格列感到遗憾、感到悲哀。他的腰带被咬住了，身子被提了起来，他被挟持着奔腾，浓烈的腥味儿呛得他难以呼吸。

“我被擒捉了！”格列痛苦地感到羞耻。

可是，枪早已不知掉到哪儿了，他只能屏住气息、抽出短刀。

他倒握刀把儿，狠命地往后一戳，但只觉得，自己被抛了出去，并在空中翻了个跟头，短刀、行囊也都随之甩落；他重重地跌了下来，一阵剧烈的坠痛，令他昏厥了过去……

三

格列醒来的时候才发现，自己躺在一个岩洞之中。

一派雪亮的光线铺射进来，他感到很是刺眼。他赶忙闭上眼睛，舒缓了片刻；随后，他又睁开了双眼，目光这才能够接纳明亮了。

他发觉，身上盖着自己的皮袍，身下垫着一件老羊皮袄和一层干草。他坐起身，靠着岩壁，眼睛努力地扫视着，岩洞里空荡荡的。他连忙穿上皮袍，继而，他看到地上的老羊皮袄旁放着一把宽背砍刀。

“哦，这一定是救我的好心人有意放在我身边的，以便我出去后能够自卫！他也许是一位常年在雪山中寻找冬虫夏草和冈拉梅朵（藏语　雪莲）的采药人！”格列捧起宽背砍刀，心底蓦然漾起了温暖。“谢谢你，好心人！绿度母菩萨保佑你！南无莲花生大士……”

格列喃喃自语着，将砍刀别在腰际，弓身钻出了洞口。外面，风平雪静。

突然，他的眉尖儿一跳，利箭般的视线钉在了不远处的雪地上。一张雪狐的毛皮！周缘板结着暗红色的血迹！

格列纵步上前，俯身端详，只见白色的皮毛间，夹杂着缕缕暗黄色的、枯萎的绒毛。这是一只老雪狐！难道是它？

火棒；融融的火团吸嘲着小雪狐好奇的目光；老雪狐那惊慌的眼神……格列愣住了。他万没有想到，那只老雪狐最终还是没有能够挣脱厄运。一股寒气逼来，他瑟瑟地打了个冷战。

毛皮没有一点儿损伤，只是两个眼窝深处有一个穿透的弹孔。看来，它是被打了“对眼儿穿”；肉体被剥走了，地上却不见残肢；这是个很出色的猎人干的！他不仅枪法精准，而且刀法精湛！

可怜的老雪狐！小雪孤呢，它自己能活下去吗……格列不忍再深想。他捡起老雪狐的毛皮揣进怀里；进而，极目四眺，追视着不知在哪里的小雪狐。

他望见了向高山深处而去的两行人的脚印，便不由得握住了刀柄。“只要追上你，我一定得好好教训你一番！”

沿着两溜清晰的印痕，格列追寻着。积雪反射起的强烈的光线，刺得他几乎睁不开眼。他不时地抬头望望深邃的、湛蓝的苍穹，一边消解着刺目感，一边在茫茫的雪地中跋涉。

终于，前面出现了一个高大的背影。那人在缓缓地稳步踏行，并不住地举首仰望。他背着一杆乌黑的猎枪，斜挎着一个狼皮行囊，腰下悬着一把长柄弯刀。

“猎人！”格列抚了抚怀里的毛皮，紧奔几步，撵了上去。

猎人听见了身后的动静，“唰”地转过了身。

格列觑着眼，拢起目光，仔细地打量着猎人，不想他竟是一位健壮的老人。只见他白发、白眉，衬映着苍白的面庞，仿佛刚从雪堆里钻出来似的；他那深陷的两腮、高隆的颧骨，透出遮挡不住的杀气；尤其他那双箭镞般犀利的眼睛，令格列觉得似曾相识。

老人倏然回身、看见格列之际，先是一怔，随即温和地一笑；可不等他开口，格列已掏出了老雪狐的毛皮，抛在了他的脚下。

“你干的吗？”格列冷冷地喝问。

“是！”望着寒气森森的格列，老人的面色顿然阴冷了下来。

“它还有个珠酷琼琼（藏语 小孩儿）！你知道吗？”格列愤愤地说。

“那小雪狐已被我放生了！”老人显得若无其事。

“放生？说得真轻巧！”格列冷笑一声，“它的阿妈被你杀了，它怎能活得下去！”

“我是猎人，猎人就得靠捕猎活着！”老人目光如炬，竟逼开了格列的目光。

“我也是猎人！”格列不由得握住了刀柄，再次束紧目光，逼视着老人。

“那又怎样！”老人也立时攥住了腰际间的刀把儿。

“和你较量较量！”格列发起了挑战，“你能打老雪狐，我就能打老猎人！”

老人一拉长柄弯刀，可刚抽出了一半，又推了回去。“我还有事！等办完了事，一定奉陪！”

“害怕了？”格列冷傲地说，“欺软怕硬，你还算猎人！”

“怕？”老人一阵大笑，“我是有要紧的事！咱们以地上的雪狐皮为标记，待我回来后，就在这里较量！”

老人转身刚要离去，格列“噌”一进身，挡住了老人的去路。“撂下一句空话，就想溜走？”

老人无可奈何，摇了摇头，抬手摘下了背上的猎枪。“让开！”

他之所以合刀取枪，并不是缘由惧怕而欲取巧，的确是因为，他急着要去寻找自己的普（藏语 儿子），想赶紧脱身。他担心，此刻与这少年猎人较量，自己一旦受伤，则会误了大事，因而，他只得持枪在手，以迫使格列避让。

格列的右手松开了刀柄，又突然扬起；与此同时，他略一侧身，冲老人的身后大喝一声：“上！”

老人下意识地扭脸、回目；就在这瞬息之间，格列跃然而起，飞扑上前，一把抓住了老人的枪。

老人一愣，挨着扳机的食指稍一抖，又骤然弹起；随即，他飞起一脚，踹倒了格列，但是，枪却被格列夺走了。

格列就地一滚，站起身来，双手握枪，对准了老人。“想溜走？哼！”

“你很机敏。”老人镇定自若，“不过，却不知高低！”

“高低已判！”格列显然不知老人手下留情。

老人仰头大笑，从怀里抓出一把子弹，得意地在手中搓弄着。“你可以拿着空枪当刀使！来，再来！”

“啊？”格列愣住了。

就在他这一走神的工夫，老人猛然起腿，狼皮靴尖儿踢到了枪管上；枪口随之跳起，发出“嘭”的一声闷响，枪被震走火了。

格列不禁双手一漾，枪跌到了地上。老人纵身一脚踏住枪身；同时，稍侧身形，右肩头使劲一磕，将格列撞到了一旁。

“昨夜，我救了你；今天，你却苦苦相逼！”老人撤开脚，进而，一勾脚尖儿，小腿一扬，猎枪便被挑起，抓在了老人的手中。

“什么，是你？”格列再一次愣住了，“我还以为，是哪个采药人……”

“怎么，不信？这把宽背砍刀，还是我临走前留在你身边的！”老人看着格列的腰际，一扬下巴。

“怎么早不说！”格列赶忙摘下刀，双手捧给了老人，“扎西德勒（藏语 吉祥如意）！”

“你一上来，就咄咄逼人，哪容我说别的！”老人将猎枪背在了身后，又抻了抻衣摆。“现在，也较量了，再说也不迟！”

“我……”格列看老人不接刀，只得端端地捧着。“好身手！只是……”他侧目瞅了瞅不远处那被山风抚动着的毛皮。

老人没有随着格列的目光放眼，悄然叹息了一声；转而道："刀，你留着吧。在这唐古拉山里独自一人行走，得有防身的家什儿。昨夜，你就两手空空，真是太悬了！"

"本来，我是背着猎枪、带着短刀的，还有套索！可一场雪山风暴……唉！"格列紧紧地攥住了刀柄。"你是怎么救得我？"

四

老人拍了拍格列那紧绷绷的肩膀，长嘘了一口气，环望着雪山，缓缓地说："昨天深夜，闹起了风暴。我躲进一个岩洞里避风。我估摸着，那岩洞是采药人的歇脚之处；只是，不知他现在哪里，时下，他还没有回来。多亏了他这个岩洞，要不，我也够呛……"

格列紧张地听着。

"忽然间，一只硕大的雪豹叼着一个人扑进了洞口！扫进来的大风，把洞里的柴火吹得飞闪。我借着火光一看，那人显然已经昏厥，软塌塌得被雪豹衔着腰带……"

老人细致的描述，令格列蓦然回想起了在飓风中，自己那狠命地一搏，进而，便被重重地抛落……

“我抄起猎枪想打雪豹，可又怕伤着它嘴下平吊着的人，就赶忙朝岩顶放了一枪！洞里忽闪着火光，雪豹猛一进来，一时间看不清；它可能没有想到洞里会有人，乍然听到枪声，便丢下那人，慌忙退了出去。”

格列惊心地盯着老人，眼睛一眨不眨，仿佛入定了一般。

“我担心，雪豹回过神儿后，再返身而来，就立刻跳到洞口、倚着岩壁，一边躲避着狂风的扫荡，一边朝着雪豹奔蹿的方向连开了几枪！随后，我连拖带拽，将那人拉到了洞角。”

格列直感到一阵阵心悸。

“洞角处，铺排着一层干草，上面还平铺着一件老羊皮袄；那肯定是采药人铺设的床。我费了很大劲儿，才脱下那人的皮袍；盖在他身上时方才看清，他还是一个少年……”老人一边说，一边端详着格列，温厚地笑了。

格列忽觉一暖，陡然感到，老人那原本在面目间弥散着的杀气居然消融了。他想说些什么，可喉头一阵滚动，又吞咽了下去。

“我重新压上了子弹，抱着猎枪、坐在柴火后，一直盯着洞口。直到黎明时，风息了，雪豹也未曾返来，我这才迷糊了一会儿。天亮后，我得走了，便在你身旁放了一把宽背砍刀。”

格列深吸了一口气，别上砍刀，双手合十，冲着老人深深一揖。“谢谢！谢谢你救了我……”

老人摆了摆手。“事后我猜想，那雪豹叼住你后，因为风暴狂搅而无法利索地将你撕扯，所以，就想找个背风的地方以便下爪；这才乱跑乱撞地扑到了洞口！”

“还有一种可能！兴许……”格列的脑海中，骤然闪烁起那双一直窥视着自己的眼睛。

“昨夜，它还不想吃我！它把我叼进岩洞，只是为了暂避风暴；等到狂风平息后，它再把我叼到雪峰上，并且还会等我醒来；然后和我角斗！”格列只觉得心头一阵阵激跳。

老人目光一迸，眉目间倏然杀气四溢。“哦？”

“叼我的雪豹，也许是另一只雪豹的后代！它看见了那只雪豹在雪峰之巅和一个猎人搏杀！它一定觉得，那猎人是一位巴乌，就也想找一个猎人搏斗，从而继续——和巴乌之间的决斗！”格列说着，又觉热血沸腾！

“你也看到了海市蜃楼？！”老人惊问。

“你怎么知道？”格列惊愕。

“你到唐古拉山来，要干什么？”老人上下端详着格列。

“找我阿爸！”格列豪壮地说，“我在海市蜃楼中看到他，在和一只雪豹搏斗！”

“你阿爸叫多吉！你阿妈叫卓丹顶珠！你叫什么？”老人紧盯着格列的眼眸，亢奋而又笃定地说。

“你怎么知道我阿爸阿妈！”格列简直不敢相信自己的耳朵，惊疑地问，“你、你是谁？”

“我是多吉的阿爸！海市蜃楼……”老人陡然哽咽了。“我来找多吉……”

“菩萨呀！难道你是……”格列傻了。

平日里，阿妈连阿爸都很少提及，更别说波拉（藏语　爷爷）了，所以，对于自己的身世，格列知之甚少。

其实，不是阿妈不愿说，只是她不敢回忆那一桩桩惨烈的往事。

“怎么，你阿妈没有给你讲过？你不知道自己有波拉？”老人再也抑制不住，浑浊的老泪扑涌而下。“起巴（藏语　孩子），我是你波拉！”

格列万没想到，眼前这位搭救了自己的恩人，竟然是自己的波拉，顿感一股酸热涌出了眼帘。

“波拉——”在这人迹罕至、到处都是白皑皑的雄山之中，格列抖声呼唤着，一头扑进了老人的怀里。“波拉……”

“菩萨保佑！我还有一条根……”老人紧紧地拥着自己的孙子，不住地抚着他那泪水横流的、紫色的面庞。“快告诉波拉，你叫什么？”

“格列……波拉，你去哪儿了？我阿爸又去哪儿了？为什么家里只有我和阿妈……”格列声声哭问。

“唉——说来话长了！”老人的手抖抖的，拭去了格列脸上的泪水。“当年，我和你阿爸阿妈离散之前，还没有你……”

“我记得那年夏天，我得了重病，卧床不起。你阿爸请来了一位僧医给我看病。僧医说，需要用麝香医治，但是，寺院的药房里没有。你阿爸只好让你阿妈在家照料我，他单人独骑，背着猎枪、带着藏獒，外出寻找麝香。”老人叹息道。

“有一天，你阿妈把我安顿好后，出去饮马；幸亏她出门了，否则……真是太凶险了！”老人的嘴角在微微地抽搐。

“怎么了？”格列紧问。

“你阿妈出去不久，就来了一大群狼。它们涌进毡房，把我团团围住。当时我以为，它们会立刻将我撕碎。可是，一张张狼嘴只是咬住我的衣服；在狼王的指挥下，它们竟然合力把我拖下毡毯、又拖出了毡房。”老人说着，右手不由得握住了刀把儿，使劲地攥着。

“啊？狼要干啥？”格列的心弦绷紧了。

“群狼连拖带拽，一直把我拉到了放在门外柴草垛旁、那冬天才用的雪爬犁上！它们可真能！两只高大的雄狼一起站在雪爬犁的前面，叼起皮绳，然后，转身背对着雪爬犁；它俩衔着皮绳，埋下头、四肢用力地蹬踏，就像辕马拉套那样，要拉动雪爬犁！”老人的喉头滚动着，吞咽着惊慌的愤恨。

格列目瞪口呆，手心里攥出了冷汗。

“群狼围着雪爬犁；有的咬着我的衣服，使劲地朝前拽；有的低头顶着我，鼓劲往前推；很快，雪爬犁就划动了起来。”老人只觉得身上泛起了一层米粒。“雪爬犁越划越快——一片片的青草被压倒，湿漉漉得很光滑！”

“它们为什么非要拖走你？！”格列惊怖地问。

“多年来，我总在打狼，跟狼群结下了死仇！我想，它们不仅要吃掉我，而且，还要把我拖到它们的领地，安心地将我一点点撕碎，用折磨来羞辱我！”老人和狼一直打着血迹斑斑的交道，颇为了解狼性，他很清楚，狼很记仇！

“群狼能够趁着我病重、你阿爸外出之际，前来突袭，一定是已经窥察了很久！但是，我命不该绝！我被拖出了很远后，碰到了几位牧马人，他们打散了狼群。我本想回家，可经过这么一番折腾，已经奄奄一息。牧马人就把我接到了马场。恰巧，他们有麝香，医好了我的病！”尽管是在回忆，可老人的心底依然涌动着浓浓的、劫后余生的庆幸感。

“绿度母菩萨！南无莲花生大士……”格列感同身受，情不自禁地呢喃着。

“当我病好了，能够下地行走的时候，已经到了冬天。然而，当我兴冲冲地赶回去，家已经没有了，你阿爸阿妈也不知去向。这些年来，我一直在寻找他们，也不知跑了多少块儿草地、草甸；可是，青藏高原实在太大了……”老人不胜唏嘘。

“波拉！”格列紧紧挽住了老人的胳膊。“找到了阿爸，咱们一起回家……”

“没想到，真没想到！竟然会在海市蜃楼中看见你阿爸！”老人攥住格列的手。“走！去找你阿爸！”

格列和波拉并肩攀行在唐古拉山的雪路上，他们猜测着这些年来多吉究竟去了哪里，为什么登上了人迹罕至的雪峰，与雪豹搏击……

五

十七年前的夏天，多吉的阿爸病倒了。

阿爸是个厚道的牧羊人，同时，也是勇猛的猎人。在刀光剑影中、在啸啸马嘶中、在雄浑的大风中，他练就了过人的胆量和高超的武艺。

阿爸爱杀狼。在几十年间的猎捕中，他一共杀了多少只狼，连他自己都记不清。他只知道，毡房顶上缀满了狼皮，他和普穿的皮袍、靴子，马的缰绳、套雪爬犁的皮绳，都是用狼皮制就的。

然而，这样一位神武的猎人却病倒了。为了寻找治病的麝香，多吉匆忙离家，四处找寻。

奔波了十几天，多吉来到了一汪湖畔，远远地，他望见了一头雄麝。他赶忙下马，拉拽马缰，让马儿伏下；然后，冲身旁的藏獒摆了摆手，令它噤声；进而，他俯下身，在草丛中匍匐，和藏獒一起敛声屏气缓缓地向雄麝靠近。

雄麝正悠然地闭着眼睛，翻出肚脐，享受着阳光的浸润。

几只飞虫落在肚脐上，令它一阵瘙痒；它陡然吸回肚脐，将那几只飞虫合闭；少顷，又翻卷出来，继续晒着太阳。

麝香，好大的麝香！多吉已悄然临近，死盯着雄麝的肚脐。阿爸的病有救了！

藏獒伸卷着舌头，掀动着前爪，跃跃欲试。多吉抬手向下压了压，继而端起了枪；可是，手却总在发抖。他抹了一把汗，极力稳住心神，雄麝的身影缩小在了枪的准星里。

雄麝似乎感觉到了什么，突然缩回肚脐，站起身，四下看了看；就在它即将奔离的一刹那，多吉的枪响了。

雄麝倒下了，藏獒飞扑过去，两只前爪死死地压住它。

多吉跃起身，几个箭步冲到跟前，一把抽出腰刀，捅进了雄麝的腹部，剜出了麝香。他掂了掂，随即掏出一方毡帕将麝香包起，揣进了怀里。

随着多吉的一声长哨，骏马从远处的草棵深处腾起，眨眼间，便奔突而至。多吉稍一侧身，双手一摁鞍桥翩腿而上；藏獒也如一支飞箭，追随着骏马奔驰。

多吉那紫色的脸膛上荡漾着欢笑，他感到了驰骋的快感，也感到了迎面扑涌的雄风在激发着自己的血性，于是，他心中油然荡起了一股战胜一切的豪气！

终于回到了家门口，多吉跳下马，跨进了毡房。

家里一片狼藉。锅碗瓢勺撒得满地都是；火塘里黑乎乎的，没有了红绸子似的腾腾的焰火；里屋阿爸的床铺上，被子、褥子被扯得褴褛不堪，就连阿爸的狼皮长袍也被撕得稀烂。

“阿爸！阿爸！”多吉从背上摘下猎枪，扑到毡房外，慌乱地扫视着四周，可除了蓝天白云和被清风抚动着的青草，他什么也没发现；直到他那惊惶的目光被天地间的空旷消融，他依然没有回过神来。

不知过了多久，藏獒呼啸着奔来了，身后远远地跟着失魂落魄的卓丹顶珠。她恹恹地骑在马背上，一副恍恍惚惚的神情。跨马显然很体恤主人的心境，不敢放蹄，只是一路小跑，稳稳地跟着藏獒。

尽管已经过去了十多天，可卓丹顶珠仍旧沉浸在深深的惊惧之中。

那天，阿爸被狼群拖走之后，卓丹顶珠饮马回来，她一进毡房便惊呆了。缓过神后，她发现了散落在地上的狼毛；随即，她摇摇晃晃地进了里屋，看到了令人惊心的、破碎的床铺和撕裂的皮袍，便顿然明白，家里遭了狼祸。阿爸呢？

“阿爸——！”卓丹顶珠踉踉跄跄地扑出门，发现柴草垛旁的雪爬犁也不见了；她惊怖地揣度，阿爸是被狼群拖走了！

她立时感到毛发悚立、浑身冰凉。惊悚中，她神思散乱，无心旁顾，根本没有留意那被拖走的雪爬犁所压出的、蜿蜒而去的草痕。

卓丹顶珠硬撑着，颤巍巍地爬上马背，哭叫着多吉的名字，奔到了几里之外的一位朋友的家中。

她天天瑟缩在惊恐之中，苦盼着多吉赶紧返回。她知道，多吉只要一回去，看到家里的场景，定然会到这里来找她——方圆几里，他们只有这一户相隔甚远的邻家。

虽然总算前来寻她的是藏獒，但她清楚，多吉回来了。邻家已出门放牧，她等不及他们返回，因而不及告别，她便惊魂未定地回去了。

多吉已经察看出阿爸被狼群拖走，尽管他不愿相信，但从卓丹顶珠的只言片语中还是得到了印证。他不敢再多问什么，因为，卓丹顶珠木呆呆的，几乎被狼祸魇住，他不想再刺激她。

多吉不知道该去哪里寻找阿爸。十几天来，过往的羊群、马群、牦牛群在游牧中，早已将这一带的青草踩踏、啃咬，从而破碎了那两溜气势汹汹的草痕。

为了平抚卓丹顶珠的心绪，多吉又将她送到了几里外的邻家，免得她总是触景伤情。安顿好卓丹顶珠后，多吉沉闷地回到了自家的毡房外。

他伫立在血色黄昏中，举目眺望着唐古拉山上那高耸入云的雪峰，泪水滴落在他那双粗粝的狼皮靴子上。他那悲怆的声音在喉咙里含糊地滚动着。“阿爸，你在哪儿？我只能仰望着寻找你的身影……”

夜，在璀璨星河的衬映下，十分疏朗。

篝火熊熊地燃烧着，将柴草烧得“噼啪”作响，仿佛痛苦的呻吟。腾腾的火光把多吉凸显在夜色中。

多吉握着腰刀，凝视着跳动的火焰。火焰里浮出了阿爸，一个顶天立地的猎人在飞奔、在搏杀、在追逐、在长啸……

一直匍匐在多吉脚下的藏獒，突然竖起耳朵，站立而起；继而它叼住主人的衣襟，使劲地拽了拽。多吉把腰刀在靴沿儿上擦了擦，霍然而起。他知道，机警的藏獒想必嗅到了狼的气息。

的确。几天前，藏獒和主人一回到家中，它就将地上的狼毛嗅来嗅去，牢牢地记下了那亘古不变的独特的味道。

繁星皓月下，耸立着高大的猎人、鹄立着健硕的藏獒。

隐伏在草丛里、正在寻找着什么的雄狼骤然一怔，随即，一阵长嗥，逼视着猎人与藏獒。

藏獒略一后坐，正要扑跃，多吉一脚踢开了它；随即，举起了腰刀；紧接着，他又将腰刀扔到了一边。

雄狼那绿莹莹的眼光一漾，猛然扑纵而起，带着一股浓烈的腥臊，直扑多吉。多吉倏然一转身形，背对扑来的雄狼。

雄狼人立而起，尖利的双爪“噗”地抓抠在多吉的双肩上。

多吉紧咬牙关，双手疾速地向后一抓，死死地攥住了前肢；同时，他一蹲身，用后脑顶抵住了狼的下巴；他双脚稍一后错，用脚跟狠命地踩住狼的后爪；浑身使足气力，顿然向上耸立。

随着一声闷声闷气的惨叫，多吉突然感到，紧绷的狼身一下塌软了。他立刻移开脚步，分开双腿，奋力一个大背，将雄狼抡抛而起，摔在了自己身前。

雄狼的脖骨戛然断裂，它侧倒在地上剧烈地抽搐着。多吉抬起脚，重重地踏在它的脖子上，一股浓血从它口中汩汩溢出。

雄狼眼中的绿火终于暗淡了、熄灭了。多吉一把捡起腰刀，划开了它的前胸，剜出了一颗血淋淋的狼心。他用刀尖儿挑着，盯视了许久，随后，甩进了篝火。

"阿爸，为什么只来了一只！"多吉冲着茫茫的星汉仰头狂呼。

六

一颗流星划过天穹，如一串流火坠落在天地相衔的远方。一钩弯月，吐出娇嫩的橙黄。银河在波涌，云团在舒卷。

美丽的卓丹顶珠抱着刚刚满月的格列，坐在毡房外，遥望着天宇中的神湖，悠悠地遐想。夜风拂来，草浪如湖波一般荡漾，发出舒展而轻柔的"哗哗"声。卓丹顶珠轻轻地拍抚着怀中的格列，柔声地歌唱：

蓝天像草原，
星星似牛羊，
弯月如摇篮，
送儿入梦乡。
月亮告诉我，
天上也有虎，
天上也有狼，
多吉，多吉，
上天去杀狼！

歌声袅袅地飘向了幽幽的夜空。

卓丹顶珠终于从惊恐中摆脱了出来，重新焕发出光彩照人的美丽。于是，她又有了歌声，而且，歌声中还浸裹着牧羊女对狼的仇恨。

一年多前，多吉带着她迁徙了。迁徙前，他俩一直在等阿爸，从夏天等到了深秋，然而，阿爸并没有回来。他俩本想在绝望中，继续等下去，可卓丹顶珠发现自己已有了身孕。

多吉不愿让卓丹顶珠在余悸中不苟言笑地孕育孩子，便想离开这总是令人感到悲愤的地方。收拾行囊之际，多吉问卓丹顶珠，想搬到哪里，卓丹顶珠说，越远越好，无论去哪儿。

临行前，要好的邻家前来送行，问及他们去往何处；多吉说，还不知道，边走边看。邻家心中一沉，知道这一经别离，也许就今生难见，不免暗自伤感。邻家给他俩搭上哈达，祝福他俩吉祥，并向遥远的唐古拉山深深地跪拜，虔诚地为他俩祈福。

多吉与卓丹顶珠也都心中悲凉，却也无可奈何。他俩和邻家都清楚，在这无垠的青藏高原，人就像一粒微尘，随时都会被吹离，迷迷蒙蒙地不知飘向何方……

在去往远方的途中，多吉从一户牧民家中买走了两只半岁大的藏獒。他和卓丹顶珠用羊奶、肉干、青稞喂养它俩；如今，它俩业已长大，与先前的那只藏獒一样健壮威猛。为了方便分别给予它们指令，多吉和卓丹顶珠给它们各自取了名字：大獒、金獒、刚獒。

从草地走到草甸，从草甸走到谷地，经过亹（wěi）亹跋涉，多吉与卓丹顶珠终于找到了一处既能牧羊，又便于打猎的地方，围建起了新的家园。只是，他们也不知道，这里距离他们过去的家究竟有多远。

遥远让卓丹顶珠感到陌生，陌生又使她觉得新鲜，而新鲜则令她徐徐地从往昔的惊悸中洑游了出来，于是，她的心便潺湲地明朗了。

尤其是她又迎来了新的生命，使她感到了一种能够展望的茁壮的力量，这让她产生出了踏实的喜悦。只是，这种喜悦浸润在歌声中时，却弥散着一股杀气。

那杀气在多吉的心中更加浓烈，从而迫使他不久后便奔离而去，多少年来都不曾回家。从那后，卓丹顶珠又跌回到了木讷和沉郁之中，独自含辛茹苦地抚养着格列；并且，她的心绪愈来愈僵滞，再也没有开化。

多吉和卓丹顶珠不同，他始终深陷在愤懑之中。如果说，卓丹顶珠的悲愤，曾掩映在绽放着格桑花的草丛中，那么多吉的愤恨，则一直鼓荡在遍布砾石的沙地里，并且，时时都在“嘎嘎”作响。

哪怕是在这安谧的月夜，多吉的心仍然在鼓噪。

多吉坐在毡房里，默默地喝着青稞酒，似乎没有听见门外卓丹顶珠的歌声。尽管他不愿、也不敢深想，但总是禁不住联想阿爸在被狼群拖走时，所遭受的凶厉围攻和有气无力的挣扎，以及最终被群狼撕咬、撕裂、吞噬时的惨烈。

他恨狼，刻骨铭心地恨。于是，他四处找狼、杀狼。但是，他打的都是孤狼，难解心头之恨；他多么希望能够遇到狼群，而将它们一鼓荡平，如此，才能让他感到为阿爸报了深仇大恨。

在无狼可杀时，他就觉得寂寞、觉得烦闷，立时便会陷入无法挣脱的焦躁之中，他就大口大口地喝酒，以此舒缓自己的心潮。

然而，他一喝酒，就总能听到阿爸那粗豪的声音，于是，便又无可抑制地想象着阿爸临死前饱受的折磨。那是一个怎样的猎人哪，他的痛苦该有多么的巨大、刻骨！

多吉突然起身，从里屋抱出了狼皮大鼓。他蹲在鼓前，紧握双拳，有力地交相擂动。起初，那沉闷的鼓声就像从天边滚来的惊雷，将四下里的安详、宁静震得荡然无存；进而，鼓点越来越密，鼓声越来越紧，仿佛奔驰的马蹄在疾驰中叩击着大地。他眼中出现了狼群。

陡然间，三条藏獒狂吠了起来，随即，卓丹顶珠抱着大声啼哭的格列趺趺撞撞地扑了进来，一个趔趄，差点儿摔倒；多吉一把扶住了她。她满脸惊慌，直直地望着多吉。多吉感到她的手冰凉凉的，在紧紧抓着自己。

“怎么了？”

“狼群！”卓丹顶珠惊惧地说，“到处都是绿眼睛……”

狼群？真的来了？难道是被鼓声招来的？多吉一阵狂笑，抓起枪、抄起了腰刀。“到时候了，来吧！”

卓丹顶珠一边颤巍巍地悠晃着格列、拍哄着他，一边抖声说，“别出去！外面的狼太多了！”

“多才好呢！我盼的就是狼群！”

“等到天亮再出去吧！”

“群狼不会等！我不出去，它们很快就会扑进来！”

卓丹顶珠骤然想起了阿爸，浑身倏然一抖。“你出去了，我俩怎么办？多吉！”

多吉“唰”地背上猎枪、挎上腰刀，一个箭步蹿到了门外。他弯腰抄起柴草垛旁的火棒、火石，迅速点起一堆篝火；随后，又将火棒、火石揣进了皮袍。

站在迅速升腾的篝火旁，多吉冲着三条急着出征的藏獒打出了几声尖厉的呼哨。藏獒们都在扑起、落下，落下、扑起，冲着不同的方向咆哮，忽听得多吉的呼哨，便都立刻安静了下来。

随着主人的号令，大獒蹲坐在篝火前，金獒和刚獒分别蹲坐在篝火的两边，呈“品”字形与狼群对峙。藏獒们这相同的姿态，表明它们随时都会扑纵而起，发起攻击。

传说藏獒的先祖是雪豹和雪狼，所以，藏獒异常勇猛、机敏；三条藏獒组配在一起，即便遭遇狼群，一时间也不会落于下风，因而，它们足以对周围的狼群形成威慑。

尤其是它们还围拢着篝火；而狼是惧怕火焰的；在篝火熄灭之前，群狼绝不敢轻易靠近。

在给卓丹顶珠和格列安置了两道屏障后，多吉又返身回房，从里屋的构架上摘下了阿爸的猎枪。这把枪，他一直都在擦拭，因而枪身锃明瓦亮。

多吉压上了子弹，把枪交给卓丹顶珠，又塞给她一大把子弹。“你就抱着格列坐在门内，正对着篝火！如果狼敢靠近，要打最前面的！别怕！你是猎人的妻子、猎人的阿妈——格列将来也会是猎人！”

“多吉，一定要回来！”卓丹顶珠说着，紧咬住了嘴唇。

七

多吉跨出毡房，扫视着四周，周缘闪烁着一双双绿色的眼睛，仿佛无数点鬼火在跳动。一经消散了卓丹顶珠的歌声、多吉的鼓声，这片谷地又沉寂了下来。

突然，一只雄狼嗥叫了一声，将寂静撕开了一道口子，群狼迅速调整阵势，摆开了一幅扇面。每一只狼都掀动着前爪，等待着狼王的号令，准备再一次发动迅猛的围攻。

不久前，它们刚刚进行过一场围猎，旋即，便分吃了一头野牦牛。

那头野牦牛还是个圆嘟嘟的牛犊，趁着妈妈熟睡之际，它偷偷溜出了群落，独自嬉戏玩耍。安详的夜色使它沉迷了，不知不觉中，它已远离了牦牛群。当它发现狼群时，已然被包围了；它只是惊叫了一声，就被蜂拥而起的群狼扑倒，随即，它的喉管便被咬断了。

每一只狼都吞咽了一团儿嫩滑的血肉，可它们却感到更加的饥饿——它们各自的胃口，已被自己那急促的“嘎嘎”的咀嚼声刺激得全然膨胀了起来，恨不得独自吞下一整头牦牛。

这时，它们隐隐听到了一阵阵鼓声，便不约而同地四下寻望，搜寻着音声发出的方位。雄狼竖起尖耳，很快就做出了判断；继而，它向狼群的外围望去。不远处，几只健狼呈环形站立，簇拥着狼王。

狼王蹲坐着，被周围几簇高大的身影遮掩，似乎是在有意隐蔽自己的身形。它默默点了点头，压低嗓音，冲雄狼低沉地嗥叫了两声。

雄狼立时向半空中“唰唰”扑跃了几番，将群狼的目光聚拢；进而，它朝着自己判定的方向疾速进发；群狼立刻分列成两行，紧跟着它如疾风闪电奔蹿而去。

队尾跟随着几只健狼，它们依然围拢着身影模糊的狼王。

鼓声越来越清晰，将狼群牵拽到了一座毡房的附近。它们略一打望，就将羊圈吸嘣进了各自的眼中，于是，它们的目光便都“呼呼”地燃烧了起来，随即，星星点点的绿光，便在此起彼伏间奋然眨动。

起风了，几经裹旋，就扑展成了浩荡的雄风！不知这雄风是要将那一簇簇绿火熄灭，还是欲将它们煽火得更旺？

多吉纵身上马，抽出了腰刀，但他并没有急于冲锋，而是目光炯炯地来回扫视着前方的狼群。只见扇面形的狼阵中，中心部位聚集的狼最多。他明白了，群狼是想以居中的重兵为主攻，两翼为策应，从而将自己包围，进而围攻。

多吉只看破了一半。

狼王如此排兵布阵，是要以中路的兵力在冲突中四散开来而形成重围，从而将他陷于阵中，并在死死纠缠间，拖延时间，等待篝火的暗淡、熄灭。的确，在扑涌的大风中，篝火燃烧不了多久。

篝火一经燃尽，左右两侧的群狼便会立即扑向毡房。左侧的狼围斗三条藏獒，右侧的狼则趁势突入羊圈。群羊定然惊慌，自然惊嚎着一起向头羊挤靠；而头羊必然奋力蹿蹦，躲避汹涌的挤撞。如此，头羊便凸显而出。

前来突袭的群狼只要认出了头羊，便会立刻分兵：大部分左冲右突，搅动惊恐的羊群以撞崩羊圈的栅栏，进而，它们再撕开一条血路，为头羊开道；少部分则会将头羊围裹，继而，左右夹逼、后堵前引，挟持着头羊迅速奔离。

平日里，头羊的眼中只有牧羊人，时时随着牧羊人的举动行止；而群羊则只是盯着头羊，一举一动都紧紧跟随。因而，狼只要俘获了头羊，羊群便会紧跟着蜂拥而去。看来，狼王是想将整个羊群俘虏，带入自己的领地，使得每只狼都能分抢到一头整羊。

尽管多吉尚未看穿狼王那狡狯、阴毒的心思，但在寻望中，他已做出了判定：决不能贸然冲入狼阵的中央，否则，自己便会被死死地围住。倘若在厮杀中，坐骑被扑咬而受伤，不能再纵横驰骋，自己便无法突围；虽然自己可以舞出团团刀影继续突冲，可在密集的围裹中，猎枪已派不上用场；而在鏖战中，腰刀终将会渐失锋利，自己也必将筋疲力尽，那么就得身陷死地！

可惜三条藏獒不能随战，要是有它们的卫护，自己也不会这样踌躇！多吉想着，扫了扫狼阵的两翼，凭直觉他感到，右侧的战列要削薄一些；于是，他一拨马头，先朝着狼阵的左侧直冲而去。

显然，多吉是要扯动狼群的列阵。

他断定，随着自己的冲锋，狼阵正中战列的群狼势必会涌向左翼，而他在即将临近之前，则骤然调转马头，猛冲右侧；那么，增援的群狼就得返身横向回扑，而在往返之间，肯定会出现混乱。如此，他便可趁乱先斩杀几只，煞一煞狼群的势头；然后，在群狼合围之前，他纵马奔出圈外。

紧接着，他将迅疾地寻找狼王。

而狼王为了稳住阵脚，自然会长嗥着施发号令，那就显身而出了。只要他发现了狼王的身影，兴许一枪便可击中，狼群定然大乱；他再紧射几枪，又能打倒几只；若此，群狼必定四散开去，而他便可以横冲直撞，在奔腾驰骋中，去掩杀一只只仓惶奔逃的狼。

如若，狼王被射杀，四周围遍布着僵卧的狼身、凌乱的残肢，那么，侥幸脱逃的狼也就为数不多了。纵然不能将群狼悉数剿灭，但它们大势已去，作为一个部族，这哨狼群实质上就覆灭了；他则以猎人的方式报了深仇大恨！

这一幅幅场景在多吉的脑海中奔涌。多吉左手持缰，右手举刀，怒视着狼阵中左侧的战列，胯下的骏马宛若在风海中冲浪。旋即，他听到了几声嘶哑、沉闷的长嗥。他的心弦绷紧了，随时准备着拨转马头，转而冲向狼阵的右翼。

然而，居中的群狼纹丝未动，它们稳着当下的阵势，注视着疾驰的多吉。多吉已然临近左列，可是，其间的群狼并不迎战，它们只是在镇定地后退、避闪，但依然有序地保持着环形。

多吉正觉奇怪，突然，左列群狼中的两只前哨向骏马扑来，但尚未接近，便抹转身形，跳到旁侧。多吉一提马缰，转而追撵，它俩倏然分开，各自跳闪；继而又转回身来，似乎要夹逼骏马的两侧，可又迟迟不肯靠近。那情势像是试探又像在挑逗。

多吉本想摘下背后的猎枪，射杀两只前哨，但又忍住了。

群狼离他不远不近，且若即若离，他担心枪膛里的子弹打完后，自己在退膛装弹时，群狼会轰然而起，从四下里扑袭自己。因此，他只能刀不离手，随时准备着挥舞，以期在团团刀影中，一边卫护自己，一边斩杀扑纵而来的凶狼。

况且，眼下还不到开枪的时候。他只有发现了狼王，才能施射；如果一击不中，就得连发，他必须要在第一轮的射击中，击毙狼王。

然而，狼王此时正隐在哪里？多吉狠拽马缰，骏马倏然人立而起，“咴儿咴儿”地嘶鸣；随即，喷吐着白气，频频踏动着铁蹄，叩击着草地。多吉横刀立马，极目在狼阵中搜寻。

八

狼王并不在狼阵里。

它正隐伏在不远处的一座草丘旁，凝望着浑身披挂着腾腾杀气的猎人。它本以为那猎人会依凭着怒马、钢刀，直扑中阵，而欲令他陷围，不承想，他却直扑左侧。于是，狼王便连连长嗥，发号施令。

狼王先是号令中阵的群狼稳住阵脚，不要急于横向涌动，前去策应。他担心，猎人突然折向，又转扑右翼，那么，中列的群狼又得反向堵截；一大群狼忽左忽右，来回折返，势必将扯乱阵势。

猎人一旦抓住破绽，杀进杀出，顷刻间便会砍翻一片。若如此，不仅难以围住猎人，而且还会引起群狼的惊愕，一时间，众狼便都会逡巡不前，自己岂不白白损失！要知道，猎人骑着快马，飘忽不定，若不能一下将他围死，就无法令他陷落。

紧接着，狼王又号令左列的群狼不要轻易接战，只是牵制住他。故而，多吉刚一临近左列，群狼便故意用避闪、试探、挑逗的举动，牵引着多吉的视线，来尽量消磨时间，以等待篝火燃尽。

只要篝火熄灭，狼王将立刻变阵——中阵的大部分兵力便会骤然涌向左列，和那里的群狼兵合一处，一起围追堵截猎人;而剩下的群狼则立时与右翼同时发动,奔袭藏獒和羊圈。

这就难怪，群狼迟迟都不出战。多吉不时掉转马头，将骏马拨得团团乱转，可却不得靠近狼身，然而，他又不能轻易开枪。就在他焦躁、惊疑之时，忽然听见“轰隆隆”的蹄踏震荡之声，仿佛一阵阵闷雷由远及近奔涌而来。

尽管多吉不明就里，但还是蓦然一惊，便连忙回转，奔向毡房，前去守护卓丹顶珠和格列。他刚刚奔到篝火旁，身后便骤然沸腾起稠密、杂乱、凶狠的声响；三条藏獒猛然同声狂吠了起来。

多吉惊然回身，不禁目瞪口呆。

只见皓月星空下，一大群奔袭的野牦牛，已然狂暴地踏入了狼群。它们根本不顾忌狼阵中兵力的分列，就是一味地猛冲、猛撞，势如横扫。

它们用庞大的身躯、弯刀般的犄角、硕大的铁蹄，碰、撞、踢、踏，将一只只狼撞飞、挑起、踢倒、踩踏。狼嗥、牛咆相互涡旋，悲鸣、怒吼互相裹旋，瞬息间，狼已倒下了一大片。

狼王早已在两只健狼的掩护下，远离而去。此时，它正匍匐在一方岩石的下面，放眼眺望。惨烈四溢漫延——刚刚还显得威风凛凛的群狼，有的在抽搐，有的在挣扎，有的还在与野牦牛苦苦地周旋。

狼王略一打量，便发觉，能够作战的狼已是少数，如若颓势再持续下去，必将全军覆没。于是，它一咬牙关，提起心劲儿，纵身跃上岩石，奋声长嗥：“嗷——！嗷——！嗷——！”

它想号令余力，不要再单兵作战，而要立刻凝合在一起，不惜一切代价，围攻一头野牦牛。只要能够得手，便可遏制住牦牛群那凌厉的攻势，从而摆脱这凶烈的动荡，急遽地逃离。

当然，狼王知道，今后要想恢复往昔的规模与生气，恐怕得喘息很久……

“嗷——！嗷……”狼王再次施发号令，那音声显得苍老而苍凉……

残余的狼，每一只的耳朵都忽然一抖，随即，它们几乎同时从惊惧中突醒了过来。紧接着，它们迅速地散开，与野牦牛拉开了距离，并纷纷左右跳闪，调整着位置和角度，不约而同地寻找着围攻的对象。

野牦牛经过一番猛烈的冲撞，都在“呼呼”急喘，于是，便趁机停歇了下来。它们紧紧盯视着群狼，在喘息中与它们对峙。

陡然，先前一直领头的那只雄狼向半空中连连扑纵，就像横空突现的臂膀，顿时挽住了群狼的目光。继而，它狠狠地嘶鸣了几声。

群狼骚动了起来。有的前肢低伏，坚持准备出击；有的惊疑地相互顾盼；有的已在悄悄后退。

狼王震怒了，发出声声咆哮，在呵责、在喝令。

高大的雄狼愤然转身，迅疾地扑向了岩石上的狼王。

岩石下的两只健狼刚一愣神儿，雄狼已然蹿跃而起，将狼王扑了下去；随即，它在岩石上人立而起，连嗥三声；进而，扑跃而下，向着野牦牛群背对的方向蹿腾。

群狼先是一阵惊愕，继而，全都追随着雄狼的背影仓惶而去。野牦牛吼叫着，奔腾着追撵……

狼王瘫倒在草地上，直感到心中一阵阵腥热。两只健狼围拢过来，伸出长长的、干涩的舌头，小心翼翼地舔着它的身肢。狼王劳倦而又凄楚地望着它俩。它俩摇摇头，又点点头。

狼王舒缓了片刻，缓缓地站起身，艰难地跳上了岩石，凝望着在颤栗中渐渐沉寂下来的远方……

它不知道，究竟该不该吃那头小牦牛；即便吃了，也要将碎裂的毛皮和残骨叼到另一个方向。可是，它又不清楚，在这时而沉寂、时而动荡的谷地，哪个方向才是安全的……

的确，它不清楚，就像它不明白自己为什么突然没落了——是缘由野牦牛群，还是因为雄狼，抑或是虽被自己觊觎、但却终未得手的羊圈……

动荡过后的谷地沉静了下来，直静得一片死寂。然而，骏马的铁蹄那紧密的叩击声又将死寂激烈了。多吉双手握枪，立马在岩石前，逼视着两只健狼和岩石上那已然没落了的狼王。

两只健狼已被方才的情势寒了胆，怯怯地注视着直挺挺的枪管。它们曾遭遇过猎人，知道那黑洞洞的枪口，能够喷出带着流火的颗粒。

多吉看健狼都在瑟瑟发抖，便将猎枪横在马鞍桥上；进而，他从皮袍中掏出了火棒和火石；擦着后，抛插在草地上。

突突的火团，直惊得健狼连退几步，就连岩石上的狼王都不禁一抖。

多吉抬头盯视着狼王。只见，它的鬃毛灰白斑驳，长得拖在爪下，它的眼睛无神而昏花，一副老态龙钟的神态。

多吉抓起枪，仰起枪口，对准了狼王。狼王先是一怔、又是一惊，继而，便在绝望中镇定了下来，宛若一座雕像，纹丝不动。

两只健狼对视一眼，颤栗着连连跳起，漾起前爪，使劲地摇摆。多吉放低枪口，又对准了健狼。

两只健狼颤巍巍地后退着，喉咙里瑟缩着哀鸣。

狼王垂目望着它俩，目光在它们的身上痉挛。突然，它凶暴地长嗥，头使劲地一摆，示意着远方。健狼再次互视，踌躇不决。

狼王又怒吼一声，音声更为暴烈，想逼迫它俩立即奔离；随即，它“噗”地喷出了一口鲜血。

两只健狼猛一激灵，被冻结的胆气陡然开裂了；怒气与杀气腾然而起，激发得它俩同时跃起，扑向了多吉。

“嘭！”“嘭！”枪口接连跳动了两下，两只健狼先后栽倒了。狼王闷吼一声，愤然从岩石上扑下，拼命地撞向了多吉。

多吉横枪一挡，将狼王格出了几米开外，倒在了火棒旁。

狼王翻滚了几下，瘫软了。

红突突的火光映闪着狼王那沧桑、浑浊的泪光，多吉心中一颤，那是一把老泪！

月亮缓缓地隐没于晨曦。多吉立马沉浸在雄风之中。

他凝视着遍地的狼尸、残肢，深切地感到了饥寒。他垂视着孤老的狼王，狼王那脏乎乎的皮毛，就像板结了的毡片儿。

它已不再是狼王、狼魂，只是一只老狼；它不是猎人的对手……多吉的心中蓦然滚起了莫名的孤独感。

这哨狼群已经散落，但却是被野牦牛群摧垮的！如若今后它们一蹶不振，只能像黄鼠狼那样毫无出息地、偷偷地出没，自己会在什么时候、又能在哪里，再次遇见一支雄赳赳的狼群？多吉的心底又涌起了沉重的失落感。

九

多吉沉睡了两天，梦里，他总在呼唤狼王。

第三天清晨，他醒来的时候，一口气喝完了卓丹顶珠捧来的一大碗浮着奶皮子的温热羊奶。

“狼！”卓丹顶珠惊呼，慌忙退身，遮住了床角处的格列。

多吉的惺忪感顿然消散，他撂下碗，一把抓起了枕边的腰刀，霍然站起。

门口站着一只苍老的狼。多吉一眼就认出，它是那只没落了的狼王。

老狼的腿已经瘸了，斜立的身体上沾满了草屑和沙土。本来那已然暗淡了的双眼又瞎了一只；它的嘴角边滴淌着长长的、黏稠的涎水，眼巴巴地盯着装着羊奶的皮囊。

“多吉！快赶走它！”卓丹顶珠惊慌地说。

“它不是来寻仇的。”多吉仔细打量着老狼，放下了腰刀。“不过，藏獒呢？怎么一点儿都没察觉？”

“它们夹着头羊，领着羊群吃草去了。”卓丹顶珠的神情松缓了一些。“这老狼要干什么？”

多吉好奇地盯着老狼，冲它点了点头。

老狼缓慢地走进了毡房，抬起独眼，端详着多吉和卓丹顶珠，像是在征求什么；少顷，它叼起了皮囊，继续打望着他俩；卓丹顶珠刚要吱声，多吉抬手摆了摆。老狼眨了眨独眼，转过身踽踽而去。

“它的胆子太大了！竟敢独自前来！”卓丹顶珠惊讶地说。

“前两天，我没有杀它，它知道，我不会再杀它！它是来乞讨的，可它曾是狼王！”多吉喟叹，“唉——！”

“难道，它已老得吃不了肉，只能喝奶了吗？”不知怎的，卓丹顶珠忽然想起了格列的波拉，蓦然感到一阵伤感。

“我也觉得奇怪！我得跟着它去看看！”多吉别上了腰刀。

“别去多吉！”卓丹顶珠的脑海中，顿然爆闪出昨夜那一幅幅惨烈的场景。“太可怕了！”

“我想知道，它又遭到了什么！”多吉不容分说，急匆匆地走出毡房，居然忘带了猎枪。

不远处，老狼叼着皮囊，在艰难地行进。多吉为了跟踪，不敢惊扰它，便没有骑马，远远地蹑足潜踪尾随前去。

多吉真没有想到，那摇摇欲倒的老狼，叼着圆鼓鼓的皮囊，竟毫不停歇地奔走了一整天，于傍晚间来到了谷地的深处。

暮霭苍茫间，老狼走入了一个很大的岩洞。多吉立在洞口旁，侧耳倾听着里面的动静。洞里传出了“吱吱”的欢叫声。

多吉心中陡然一惊，他知道，那是小狼的音声。难道，里面还有母狼、雄狼？他一把抽出腰刀，继续仔细倾听，过了许久，才悄然舒了口气。随后，他提着刀，轻脚走入了岩洞。

多吉不禁怔住了，眼前的景象，令他心中一阵酸热。

只见老狼匍匐着，双爪将皮囊的开口咧开；小狼站立着，已将整个脑袋探进了皮囊，“咝咝”地吸嘣着；老狼舔着它光滑的皮毛，自己那枯瘦的尾巴在惬意地摆来摆去。

这小狼难道是老狼的起巴？多吉忽觉眼帘湿润。母狼呢？小狼得待在狼族的领地，想必是老狼将它叼到了这里。怪不得仅过了几天，它就瞎了左眼、瘸了后腿，很可能它经历了一场角斗！它已经是这般模样，能够将小狼养大吗？今后，它还会去我的毡房乞讨吗？

唉——！多吉长长地叹息，一代狼王，却最终被自己的部族抛弃……

多吉的长叹，令老狼倏然一惊！它立刻叼起小狼，将它放到了皮囊的后面，继而，一转身形，遮住了小狼，侧对着多吉。它已经瞥见了多吉手提的钢刀，它那条瘸腿在剧烈地颤抖。

突然，一束白色的身影闪现，还未等多吉反应过来，一只硕大的雪豹扑进洞来。老狼转过身，面对着雪豹，拼出所有的气力，迎头向雪豹扑去。雪豹猛扬前爪，击中了老狼；老狼在空中翻了几个滚儿，撞在了石壁上，继而，便贴伏在地下。

多吉大惊，“唰”地一侧身，举刀劈向雪豹。雪豹一进身，避开了刀锋，随即，叼起小狼，返身蹿出洞外，奔向了矗立在谷地对面的唐古拉山。

雪豹一般是不下雪线的，莫非它饿极了？多吉已经来不及多想，最后望了一眼抽搐的老狼，纵身跃出岩洞，追赶雪豹。

又是一个星汉璀璨的夜晚。多吉紧盯着雪豹在草地上留下的狞厉的脚印，奋力地奔跑。

一定得把小狼抢回来！多吉的脑海在奔涌。它是狼王的后代，两年后，它也许能够夺回自己的部族，成为新的狼王！到那时，我们再战！野牦牛能摧垮它们，我更能摧毁狼群！雪豹！雪豹！放下小狼，它是王子！……

多吉循着雪豹清晰的印痕，在唐古拉山攀行了两天。途中，他在一个青年采药人的岩洞里歇息。吃了牦牛肉干儿、喝了青稞酒，他开始攀登雪峰。第三天的清晨，当金红的太阳喷薄而出的时候，他在万丈光芒中，攀上了峰顶。

一上峰顶，多吉就看见了一个洞穴，两溜刺目的足印延伸了进去。他连忙奔过去，贴身靠在洞口的旁边，敛声屏气地静听。

“吼——！”一声雄浑的咆哮平地而起，多吉惊然回身，只见一身银白的雪豹蹲坐在不远处。

多吉刚要拔刀，凶猛的雪豹已如排山倒海之势飞扑而来，随即，两只尖利的前爪电光石火般地抠住了多吉的双肩。

多吉急忙抬手，紧攥住雪豹的两只爪腕儿；同时，略一蹲身，又一缩脖，用头顶死死地抵住了雪豹的下巴。

雪豹的喉咙“呼噜噜”地滚响，它迸发出所有的气力，要将多吉压倒。多吉一声不响，咬紧牙关，挣出全部的力气，想把雪豹摔倒。猎人和雪豹僵持着、角斗着！

多吉感到双腿在颤栗；雪豹觉得后肢在发抖。

多吉屏气收腹，运足气力，猛然将雪豹往怀里一带，陡然抬起右膝，死命地顶撞雪豹的腹部。雪豹一抽搐，身体随之一缩，一道艳红的血迹从嘴角溢出，星星点点地滴洒在身前那雪白的皮毛间。

多吉的右脚刚一落地，雪豹骤然抬起左后爪，抓透了多吉的皮袍。多吉只觉得小腹一热，随即又一寒，紧接着，一股湿热洇了出来。

雪豹的左后爪刚刚落下，多吉双脚一错，踩住了它的两只后爪。

下雪了，下得很突然，下得很猛烈！太阳异常明亮，亮得很惊慌；在惊慌失措的万道金光中，大雪惊慌失措地疯舞。

浩雪将猎人、雪豹从头到脚层层浸染……

“格列，记得来找我——！”亘古幽寂的唐古拉山峰顶回荡着猎人粗犷的呼啸声，“格列！格列——”

十

残阳坠落在唐古拉山的雪峰之巅，宛若一个浮动的火球，燃烧起火海一般的红云，仿佛是热血喷洒在广博的天宇中。格列和波拉仰望着被涂抹得一派绯红的银质般的雪峰，沉浸在壮阔的血色黄昏中，心底都涌动着一种难喻的豪情。

“阿爸还在峰顶吗？”格列目光炯炯，眉宇间充溢着豪气。

“只要雪豹在，他就在！”波拉笃定地说，“他是猎人！”

蓦然，格列心中一沉，莫名地紧张了起来，他感到一直在盯着自己的那双眼睛似乎又出现了。波拉掏出几颗子弹压入了枪膛，好像也感觉到了什么。

“波拉，快看！”格列惊呼。

“雪豹！”

血色夕阳下，厚实的冰大阪上伫立着一只银白的雪豹，浑身闪烁着白色与嫣红相揉的光彩。它四肢笔直地站立着，高昂着头孤傲地迎着残阳。它时而弓缩身子，时而又舒展绷直，不时地发出一声声长啸。

波拉举枪瞄着它。雪豹冷冷地瞥了一眼，一跃身，几个蹿纵，便驻足在了远处的冰丘上。波拉无奈地垂下枪，脸色甚是冷峻。

“它好像在召唤我们。”格列依凭着直觉说。

“追！”波拉背起了猎枪。

两人奋力攀行，雪豹节节腾跃，一直与他们保持着目光可及的距离。

格列和波拉终于爬上了顶峰。他俩刚站直身，便同时惊骇地大叫一声。曾经在海市蜃楼中出现的、那惊心动魄的景象，突兀地展现在他们的面前。

一个魁伟、剽悍的男人稳稳地站立着，双手紧攥着雪豹的双爪，头顶死死抵住它的下颌；雪豹绷展着躯体，正奋力下压，似乎能够听见骨节“嘎嘎”作响的声音。

猎人和雪豹还在静止地对峙，无声地搏击。在十几年风雪的吹打下，他们已被塑成了冰雕，持续着悍烈的决斗。

格列仿佛被魇住了，脸色由苍白变得铁青。波拉默默地凝视着，浑然不觉地摇摇头，又点点头。

过了许久，波拉才缓醒了过来，突然悲怆地大叫：“多吉！……”继而，便老泪纵横。

格列被惊醒了，很想大喊“阿爸”，可却喊不出口，那呼唤只能滚涌在喉间。他踉踉跄跄地扑过去，刚要推搡雪豹，不想波拉猛声喝喊：“别动它！格列！它也是巴乌！”

格列不由得回过身，不解地望着波拉。

“我们藏人往生后，都得进行天葬——用自己的躯体在天地间做最后一次布施！”波拉顿住了，深深地啜泣。

少顷，他极力抑制住，悲壮地说：“你阿爸和寻常的藏人不同，他是雄鹰！他已经在这雪峰之巅搏击了十几年！他与雪豹都是巴乌，他俩在跳巴乌的武傩，而且，要这样永远地跳下去，永久地酬神、娱神！”

“酬神？娱神？”格列心中一震。

“对！”波拉吞咽着热辣辣的泪水。“你阿爸和雪豹都已成了唐古拉山神的武侍，他们得长久地跳着武傩，酬答山神，使得山神欢愉！”

“吼——！”雪豹站在远处，凛凛地长啸。也许，它听到了他俩的话语，在做出回应。

格列、波拉一起转过身，一边迎着雪豹大步上前，一边与它对视。格列盯着雪豹的目光——狞厉、机警、镇定；他终于明白了，自从一踏上雪线，总在背后盯着自己的，就是这双眼睛！

“把你叼进采药人岩洞的，也许就是它！”波拉凛然道，“它可能是冰雕雪豹的后代！只是不知已是多少代！兴许，这十几年来，它们代代在这里守候，等着猎人的到来！”

“它把我从雪堆里救出来，就是为了继续角斗！”格列豪壮地笑了。“我们来了！来吧！”

波拉举起了枪，枪口冲着天穹；他连连扣动扳机，打空了枪膛里的子弹；随即，把枪扔到了雪地上。然后，他拔出长柄弯刀，扭头对格列说：“我没有倒下，你不能出手！公平决斗，山神作证！”

“我来！”格列“唰”地抽出宽背砍刀，一进身，挡在了波拉的身前。

“退到一旁！”波拉断喝，“猎人也得代代续延！”

格列只得让开，抱着宽背砍刀退到旁侧。波拉紧迈几步，面对着雪豹，双手持刀、压低了身形。

雪豹闷吼一声，略一后坐，前爪一按，披挂着劲风飞扑而起。

波拉被它撩起的白色弧光绕花了眼睛，本能地一蹲身。雪豹就在跃过波拉头顶的一瞬间，后爪用力地往后一蹬，狠踏在波拉的后背上。

借着蹬踏之势，它蹿出了几米开外，轻巧地落在地上；随即，一抹身，回转过来，准备着第二次猛扑。

波拉扑倒了，一张嘴，吐出了一口鲜血；顿时眼冒金星。他挣扎着，以刀撑地，急速站起，随手抹去了嘴角上的血丝。

“波拉！”格列顿时红了眼。

“别过来！”

尽管一开始，波拉就没有轻视雪豹，但一经交手，他这才发觉自己还是低估了它。这雪豹的确非同寻常，它具有雪熊的气力，雄狼的凶猛，藏獒的机敏。

波拉分开双腿、压低重心，将弯刀斜挡在胸前；他在蓄积力量，等待着雪豹继续进攻，以便在防守中寻隙砍杀。

波拉毕竟老了。他吃力地跳跃、躲闪，弯刀越舞越慢，一次次吃力地躲避、格挡雪豹的扑袭。

雪豹再一次扑纵而来，波拉急退几步，侧脚踢向雪豹的眼睛；雪豹一甩头，电光石火般地一个回旋，扫起钢鞭似的尾巴，狠狠地抽打在波拉的腿弯儿上。

波拉再也无法自持，身不由己地跪倒；雪豹闪电般地就势一撞，令他匍匐在地；波拉奋力翻过身，不待站起，已被双爪按住了双肩；雪豹咆哮一声，张开了大嘴。

格列差点儿脱口惊叫。他既不敢轻易出手，害怕误伤了波拉，又不敢大声叫喊，担心分散波拉的注意力。他急促地呼吸着，紧张得浑身浸透了冷汗。

在脸对脸的间隙中，长柄弯刀已失去了作用，波拉索性扔掉它，双手死命地抃住雪豹的脖子。他用力擎着，膝盖猛往上顶；雪豹一阵剧痛，松动了身子；波拉趁机蜷腿，一个兔子蹬鹰，将它蹬甩了出去。

雪豹“嗷”的一声，也吐出了一口鲜血！

波拉鲤鱼打挺，跃身而起，捡起长柄弯刀，疾步上前，狠狠地劈向了雪豹！

雪豹正觉目眩，不及避闪，被砍中了头颅；它顶着夹在头骨间的弯刀，拼死纵身而起，紧紧抱住了波拉。

格列再也无法隐忍，正要上前，波拉已和雪豹死死地扭在一起，在雪地上翻滚了起来。

“波拉——！”格列眼看着陡坡，不禁惊叫。

波拉、雪豹滚下了陡坡……

“轰隆——轰隆——”

远处传来了排山倒海般的怒涛声，浩瀚的雪浪如海潮般铺天盖地地澎湃汹涌！格列急退数步，目瞪口呆——陡坡下，发生了雪崩！

刚才，那一连串的枪声、时时绷起的厮杀声、雪豹的咆哮声、格列的呼喊声，无不惊掠着千年的积雪。不知哪一块儿雪大坂稍一痉挛，就再也抵不住层层雪块的挤压，无比痛苦地坍缩了，于是，便爆发了撼动雄山的雪崩！

夜色宛若雪沫淹没了唐古拉山。

星星像梦的痴迷的眼睛；月亮像梦的恬静的惨白……

尾　　声

太阳辉煌在唐古拉山的雪峰之巅。

雄伟的唐古拉山，沐浴在金红色的晨光中。

格列沿着另一侧山脉，终于跨下了雪线。

他站住脚，蓦然回首，再一次眺望迷离的雪峰。

许久后，他喃喃地说："阿爸，我会给阿妈说，找到了你，也见到了波拉……我，还是猎人……"

天　马

浩瀚的大漠深处，有一汪清澈的湖水
滋养着辽阔的草甸
一支放牧的部落，在这里生生息息世代相袭
一匹天马搅乱了他们平静的生活
引起了一场空前巨大的波澜

楔　子

在浩瀚的大漠深处，有一汪清澈的湖水；湖水滋养着辽远的草甸。远远望去，瀚海、湖波、草浪层层衔接，令人感到奇妙。

一支放牧的部落，在这里生生息息，世代相袭，他们从未离开过这片被大漠包围着的绿地。然而，由于一匹妖马的出现，搅乱了他们平静的生活，在这个部落的历史上，引起了一场空前的巨大波澜……

一、捉 拿 妖 马

1

雄浑的牛角号声，像是大地在抽搐中发出的颤栗，撕卷着广袤的草甸。猎猎雄风，将瀚海中的黄沙搅起，铺天盖地，犹如奔腾的千军万马横扫着草甸。昏黄的太阳瑟缩在天边，在吃力地喘息。

粗壮的牧人们，注视着手持号角的老部落长坂森，从他那严峻的目光中，人们感到，他们正面临着一场残酷的挑战。

一列骑手已整装待发，每人都背着强弓硬弩。

坂森骑着一匹雄健的黑骏马。他揣起了牛角号，继而，左手持缰，右手举起了火把；突突跳闪的火团，辉映着他那皱纹深刻的面庞。一时间，他沉默不语，宛如一尊塑像高擎着火炬。

人们都知道，火是他们部落的图腾，是吉祥、力量与智慧的凝结。

“牧民们，我们的部落即将面临一场灾难！”坂森终于开口了，他仰望着混茫茫的天宇。“苍天变色，灾难降临！”

他用手中的火把向南一指。“你们看——”

所有的人都随着火把的移转而侧目瞭望。不远处，伫立着一匹他们从未见过、也从未听说过的马。

它高大、健壮，好似大漠深处那苍劲的岩丘；它浑身雪白，宛若披着柔白的锦缎；它洒洒脱脱地挺立着，显得煞是刺眼。

“我们世世代代只有红马和黑马。这匹妖马的横空降临，引来了可怕的沙尘暴！它会给部落带来深重的灾难！”坂森面色阴郁。

的确。草甸与湖水的周缘是无垠的大漠，倘若草甸、湖水也被黄沙覆盖，那么，整个部落将失去生息之地。

“赶走它！”牧人们发出了惊雷般的呐喊。

牛角号又吹响了，扑涌出汹涌澎湃的声波。牧人们知道，这号角声是他们勇猛先人心声的凝华，能够驱妖降魔。簇簇火把点燃了，与号角声呼应着，形成了虎虎生风的阵势。

然而，那匹白马似乎没有听见，也没有看见，依然站立在那里。它扫动着银亮的鬃尾，抬起前蹄踩磨着一块儿粗粝的顽石。

“射杀它！”骑手们愤然大喝。

随即，他们纷纷摘下弓弩，搭上犀利的箭支，一起瞄准着那匹白色的妖马。突然，一片萧萧马鸣，如林涛怒吼，滚涌而来——是部落的马群。它们“咴儿咴儿”地嘶鸣着，奔腾着，冲向了白马。骑手们随之一怔，只得垂下了弓弩。

白马抬起头，友善地望着群马。群马瞪着凶狠的眼睛，像是发现了一匹孤狼。它们四散开来，形成了一个包围圈，步步逼近白马；它们踢腾着粗大的铁蹄，包围圈越缩越小了。

白马像是陡然明白了什么，倏然跃身而起，在空中闪出一道白色的弧光。就在它落地的一刹那，猛地向头马撞去，飞扬而起的马蹄挂着凛凛的风声。头马慌忙避闪。

白马趁机一抹身形，转身扬起了后蹄，狠狠地踢在头马的肚腹上。头马双腿一软，栽倒了，随之发出了阵阵嘶叫。

群马一愣，纷纷向头马靠拢。白马一声长啸，脱身而去。头马喘息着爬起来，率领着群马，紧追不舍。

暮色苍茫，红黑斑驳的马群变得模糊了起来。坂森一惊，赶忙打了一串尖厉的呼哨。那奔腾的群马，纷纷刹住脚步，随即，返身而回。

坂森的神色越发沉郁。“这匹妖马，差点儿带走了我们的马群！”

“呀，真是的！”牧人们这才醒悟。“一定得杀掉它！”

“不！”坂森猛一挥手。“活捉它！让它经受火的惩罚！”

众人议论纷纷，散去了。

“爷爷，那匹白马好帅呀！”坂森的孙子坂启一提马缰，靠近了坂森，悄声说。

“胡扯！”坂森浑身一抖，抽出了短鞭；看着自己九岁的孙子，他又不忍地垂下了手。

2

沙尘暴停息了。

每一座牧人的毡房前，都燃烧着一簇融融的篝火。一簇簇篝火延展而去，使得夜色中这苍莽的草甸，流溢着星星点点的温暖。

白马伸卷着舌头，为黑母马梳理着鬃毛。黑母马温顺地卧着，棕色的眼眸中闪烁着柔柔的眼波。自从白马那天遭受到袭击后，只有晚上才出现在这里，和黑母马相聚。

“妖马！”一声短促的喝喊，捅破了安谧的夜空。坂斯——坂森的儿子正在给自己的健马喂食夜草，突然发现了白马。

白马一惊，呼啸一声，奔驰而去。

“妖马！妖马！”坂斯高声呼喊着，立刻夹起马鞍，麻利地绑缚在马背上，继而纵身上马。他两腿一夹马肚，向白马紧紧追去。

旋即，他身后传来了杂乱的声响，一支支火把追随着他。

月光下，白马疾驰如风。尽管坂斯不停地鞭打坐骑，但还是被远远地抛甩在后面。前方的马蹄声愈来愈远，白马的踪影渐渐地消逝了。

坂斯无奈地勒住了缰绳。“我迟早会捉住你，妖马！”

“会有机会的。”坂森骑着马，驻足在坂斯的身旁，拍了拍他的肩头，望着深邃的天际。

“回去后，我先杀了黑母马！”坂斯恨恨地说。

“不，留着它！”坂森狠狠地说，“明天……”

第二天清晨，坂斯就动手了。

他抡舞着粗粝的皮鞭，狠狠地抽打着黑母马。黑母马凄惨地长嘶着，在声声呼唤！那嘶鸣声抖抖的，仿佛倒进篝火中的豆子，在痛苦而惊慌地蹦跳，并“哔啵”作响着，将四周围击刺得一片寒颤。

坂斯一边挥舞着皮鞭，一边四下里张望；他已经备好了部落里最好的马，警惕地等待着。

果然，白马不知从何处蓦然涌出，奔腾而来。

它骄傲、铿锵地叩击着露珠滚动的草地；那密集的踏击声，像是激起生命奋发的战鼓声。

它好似从云中驰来，那飘然拂起的雪鬃，像一团轻柔的白云飞荡在浩渺的苍穹；那势不可挡、叱咤风云的神韵，仿佛草甸外那瀚海起潮时的气韵。它疾驰如箭，高昂着粗壮的脖子，迎受着万道晨光的怒射；它那修长的四肢飞快地交相划舞，在劲烈的风涛中劈波斩浪。

坂斯痴痴地追视着白马，浑然不觉间，已垂下了手中的鞭子。

黑母马咆哮着，骤然人立而起，几乎挣断拴在马桩上的缰绳。坂斯一惊，倏然缓醒，随即翩腿上马，频频抖动着马缰，迎着白马奔去。白马飘逸地一转身，飞踏而去。

“我可是套马的汉子！”坂斯鼓舞着自己，伏身贴在马背上，从怀里掏出了套马索，紧紧地追赶。

渐渐的，他疾驰着接近了白马。突然，他直起身，使劲悠起套马索、奋力抛了出去。套马索在空中划出了一道狰狞的弧线。

绳圈儿绷足了力量，扑袭白马，在飞临白马耳尖的一刹那，陡然下落，套箍在了马脖上。

“嗷吼——！”坂斯长嚎。

白马一声惊叫，猛然耸立而起，前蹄在半空中猛烈地踢甩。

坂斯拼命地扯拽绳索，额头上青筋暴起。他感到臂膀上的肌肉已全然隆起，他感到燥热的胸膛已然鼓胀，他感到坐骑正在角力中抖瑟。

坂森带着骑手们赶来了。他看见坂斯已经套住了白马，正在较劲着收拢套索，便赶忙勒住坐马，并抬手冲身后摆了摆。众人连忙噤声，以免坂斯受到惊扰而失利。

坂森瞪圆了双眼，暗自替坂斯鼓劲；他身后的骑手们全都紧攥着马缰，目光灼灼地凝望着。

突然，那白马不再向前挣扎了。它的脖子猛一回摆，转身向坂斯奔去。坂斯一个后仰，跌落马下。他一连几个翻滚，才趴伏下来，双手死死地拽着套索。

坂森一挥手，骑手们轰然而起，可刚到近前，白马已低头咬住了套索。它紧咬牙关，随即牙口错动，竟生生将它咬断！

白马"噗噗"地喷吐着白气，周身用力一抖，仿佛在舒展自己白净的衣衫；继而，它一个潇洒的旋转，起伏着、撒欢儿而去。

坂斯坐起身，将手中的皮绳狠狠地抛到一旁，紧紧捂住了脸。

坂森腾马过来，纵身跳下，一把拉起坂斯，扬手打了他两记耳光，直打得他鼻口出血。骑手们惊愕地张望着。

"祖先的套马索从未被咬断！"坂森忿詈（lì），"你这是不祥的征兆——被咬断了套马索的放牧部落，是会滑向灾难的……"

坂斯只觉得心头一阵激跳，不安地垂视着自己的毡靴；周围的骑手面面相觑，每人的眉尖都在隐隐地跳动。

这时，他们谁也没有发现，坂启正立马在不远处，久久地眺望着白马消失的远方……

二、天马诞生

1

半年过去了，那匹白马一直没有出现。

整个部落沉浸在阴郁和不安之中。倘若白马闪现，他们还有捉拿的希望，那么就能消解灾难的征兆，可它多时不曾露面，人们都在担心部落长对坂斯的呵责会一语成谶。

尤其是，黑母马那显见鼓胀得滚圆的肚子，更是令人们感到，灾难的种子已经播种在了部落里。

坂斯很想再次鞭笞黑母马，从而再度将白马引出，但却被坂森制止了。“我们与那匹妖马交过手，它非常狡狯，不会再轻易上当！黑母马已经怀孕，要是不慎把它打死，我们就失掉了诱饵！”

坂斯无奈而愤懑。每每瞅见黑母马，他都会皱起粗重的眉毛，显露出迫切的杀机。“爸，我真想立刻就杀了它！”

“等捉住了妖马再说！而且,我要看看它生下的小马驹！”

坂森慎重地说，“放牧部落一般不杀母畜——即便它们老得已不能生育，但却能够稳住自己的群落。”

“我也知道，可那肯定是妖马的孽种！”坂斯笃定地揣度。

“得看看小马驹是什么颜色。如果真是，它们母子都得受到火的净化！”坂森阴冷冷地盯着前面那正在烘焙干马粪的塘火。

“妖马！妖马——！”突然，远处传来了一阵阵惊恐的叫嚷声。

整个部落顿时慌乱了起来，旋即，到处都燃起了火把；一时间，人喊、马嘶，沸沸扬扬。坂森、坂斯相视一怔。

“那妖马，肯定是来探望它的！”坂斯那逼视着黑母马肚腹的目光，猛一抽缩，跳闪出狰狞的眼波。

“它总算又出现了！我已给它备了多时！”坂森探手伸入怀中，摸索了一下。

一簇簇火把聚拢在一起，一大片红光辉映着一张张阴沉的面容。骑手们都已纵身上马，焦急地等待着坂森的指令。

“爸，让我先上！”坂斯立马在最前面，凶厉的目光中缭绕着浓郁的渴望。

“不！你带着骑手们，远远地把妖马围住！切记，不要靠近它，免得将它逼跑！”坂森早已有所筹谋。“我要亲手捉拿它！在我和妖马角逐时，你们谁都不得掺和，以免它来回跳闪，妨碍我抛甩套索！”

“还是我来！”坂斯涨得满脸通红。“我要雪耻！”

骑手们正要争抢，闻听坂斯此言，便都不再作声；他们知道，一个真正的套马汉子，将荣誉视为生命。

“这关乎整个部落的命运！这次，我得上！”坂森一直紧勒着马缰，迫使胯下的骏马憋足了劲头，它不由地耸立而起，“咴儿咴儿”地一阵嘶吼；继而，掀动着右前蹄，“嘭嘭”地叩踏着草地。

坂森从怀里掏出了他的法宝——一条特制的套马索。这套马索是用铁链制成，链头挂着两个前后间隔的套马圈儿。

他“哗啦”一声将套马索悠起，又一抖手，收入了掌中；随即，他冷笑了一声。

骑手们只觉眼前一亮，看来，老部落长虽然已白发苍苍，但雄风依然不减当年！他们不禁暗自赞佩。

“设围！”坂森一声令下。

坂斯率领着骑手们呼啸而去。

白马尚未靠近黑母马，只是远远地眺望了一眼，便发现自己已被包围。不过，包围圈很大，骑手们距离它很远。它轻松地打了个响鼻，进而，冲着黑母马一阵长嘶，便转身奔离。

坂森紧绷着缰绳，默默地盯视着白马。少顷，他一松马缰，双膝一夹马肚，坐马便暴叫一声，怒冲而起。

坂森伏在马背上，烈风从耳畔掠过，他立时觉得心中霍然敞亮，仿佛顿然年轻了几十年，又回到了他那叱咤风云的年代。烈马、骑手、飞梭、套索……他感到豪气万丈!

“驾——!”他喝吼着，频频抖动着马缰。

离着白马越来越近了。

坂森的心激跳着，攥着索链的手在微微发抖。他感到所有的目光都在紧盯着自己，像一支支芒刺钉在他的背上。

“套住它！必须一掷而中！拉回部落的命运！”坂森暗声激励着自己，骤然甩出了索链。

索链迅疾地划出了一道抛物线，直袭前方起伏的马头。白马的耳尖一颤，头机警地一点，第一个环圈儿落空了；可它刚一昂头，第二个环圈儿准准地套落在了它的脖子上。

白马眼前一片金花，头脑立刻变得滞重。它张大嘴巴，一边拼命地呼吸，一边奋力地向前挣拽，但索链却越绷越紧。

它猛一回头，死咬住了索链。坂森暗自冷笑，愈发用力紧拉。冰冷的铁索链，无论如何也咬不断，它那修长、粗壮的四肢开始发软了，额头上的汗水洇透了眼角边的绒毛。

忽然，白马松开了嘴，摇头摆尾，旋过身来，迎着坂森、顺着索链的方向急驰。它顿时感到了松快，呼吸也顺畅了，沉重的头脑倏然清醒。

坂森早就提防着白马故伎重演，他提着劲儿、倍加小心，故而，当手中的索链陡然松弛，他只是仰闪了一下，便即刻挺直了身体；随即，他的双膝猛磕马肚，迫使坐骑迅猛前冲。

他要与白马背道而驰，只要一拉开距离，他再侧身紧拽索链，并凭借着二马反向奔驰形成的冲力，一举将白马掀倒。

然而，两匹骏马刚一首尾向并，白马蓦然横扫鬃尾，抽刷在坂森跨马的眼上；跨马猛一侧歪，坂森把持不住，栽落马下；白马呼啸着与跨马擦身而过。

一股猛烈的力量狠狠地拖着坂森，他那惨白的面庞被扭曲了。他的胳膊被拉得笔直，双手在剧烈地抖动。可他仍然死死地攥着索链，一点儿也不松劲儿。

“我要把部落的命运拉回来——！”坂森暗自呐喊。

白马向前努着脖子，四蹄在凶猛地奔踏；它拉着一条铁索，拖着一名年老的勇士！坂森的双臂直直地抻着，从那紧握着铁索的手缝中，渗出一缕缕鲜血；他的胸膛紧贴着粗粝的草地，经受着撕裂般的磨砺。

“我是骑手！套马的汉子！”坂森的心在咆哮。

“快松手——！”坂斯惊恐地呼喊着和骑手们猛冲过来。

白马突然刹住脚步，旋回身、向坂森腾去。坂森的双手不由得一松，它趁势一低头，环套滑落了下来。它喷吐了几口粗气，冲出了散裂的包围圈。

坂斯跃下马背，扶起了坂森。坂森推开围拢来的众人，向白马奔离的方向追撵。然而，没跑几步，他就摔倒在了地上。

当坂森沮丧地回到毡房，刚刚躺卧下来，坂启给他端来了一碗温热的羊奶。“爷爷，等把那匹烈马驯服了，让我骑吧。”

坂森接过羊奶，一饮而尽。“那不是烈马，是妖马！必须得焚化！”

2

三天后，坂森召集起部落中所有的部民，当众折断了一支箭杆，立下了誓言：“下次，妖马再来，要是还捉拿不住，我就谢罪自尽！”

“头人！”众人齐刷刷地跪下了，他们紧抓着草皮，抬起含着愧与恨的泪眼，颤巍巍地望着坂森。

坂斯霍然站起，面向众人，泪水顺着脸颊流进了他的嘴角，他一把抹去。“再发现妖马，不必套取！围堵射杀！然后，扔进火里！”

一晃，又是几个月过去了，黑母马就要生了。

坂斯料定，妖马定然会前来探视，于是，便做足了准备——他已安顿好了人马，以便随机调动；尤其是他还设计好了围追堵截的路线，欲将妖马引入绝境。

果不出所料，白马终于现身了。坂斯率领着列列骑手，很快就将它重重包围。

到处都是人，都是马；到处都是刀，都是箭；到处都是火光，都是呐喊声。白马左冲右突，背上已中了几箭，但却威风不减。几匹骏马被撞翻，几个骑手被踢倒，人们不得到它跟前，就连坂森、坂斯一时间也奈何不得。

站在远处观战的坂启暗暗地赞叹："真是一匹神勇的好马！可爷爷为什么非要杀它？就因为它长了一身白毛？"坂启觉得不可思议。

众人还在愤激地追击白马。

坂斯一连打了几个尖厉的呼哨，喝令人们围住三边，让开东边的方向。于是，白马只得向东奔逃。

坂斯略略松了口气，那条路是断头路。

白马只是疾奔了一阵，便不得不立住！前面是南北延展、突兀耸立的石壁，它已无路可走！它刚一回身，周缘已被团团围住。骑手们纷纷端起了弓弩。

"先别射！"坂斯凶狠地吼叫。

他翩腿下马，甩掉长袍，弓着腰，一步步向白马逼近。骑手们明白，他要当众雪耻，便都垂下了弓弩。

"点火！"坂森一挥手。

立时，从骑手的马后钻出几人，麻利地铺排着一层层柴草，又在柴草垛上置放了几大块儿板结的酥油，随即，便点燃了熊熊的篝火。篝火堆煞是庞大，腾腾烈焰辉映着坚硬、冰冷的石壁。

白马"啪啪"地交相弹踢着前蹄，逼视着步步逼近的坂斯。

坂斯压低重心，弯曲着双臂、屈拢着手指；他左一下、右一下地摇摆，诱使白马的目光闪烁游移；他是想让白马做出误判，以为他会从左侧或是右侧扑起。

突然，他从正中猛然跃起，飞扑上前，双臂死死地钳住了马脖，迸出所有的气力向左扳压；与此同时，他绷出右腿，狠别白马的左前腿。

白马“扑通”一声侧倒了，也一并将坂斯带倒。随即，它就地一滚，将坂斯碾压得一声惨叫。白马屈腿站起，抹身向岩壁奔去。

刚一临近，它陡然站住，进而一个人立、旋转着扭过身来，声声长啸，向篝火冲去！

就在跃入篝火的一瞬间，白马向着远方黑母马的方向打了个响鼻，像是在作别。

坂森眼睁睁地看着，白马高昂着倔强的头颅，它那白得令人惊心的长鬃，在火光中，倏然变成了迷离的粉红色；紧接着，变幻出与火焰相同的血红色，和火熔为了一体……

坂森惊呆了！他本想着将妖马擒捉或者射杀，然后，再把它扔进篝火焚化；可万没想到，它竟然会自投烈火，并在瞬息间，变成了红马！妖魔怕火，但它却不怕！它怎么会是妖马！

坂森慌忙跪倒在地，大声惊呼：“它不是妖马！是火！是神的使者！它是天马！天马！”

“怪不得捉不住！”坂斯艰难地坐起身，将双臂抱拢。“天马……”

“天马！天马！……”人们也都惊叫起来，纷纷跪倒在火前。腾腾烈焰撕卷着，映红了他们的脸，照亮了他们的泪。

“不会有灾难了……”坂森虔诚地喃喃祈祝。

黑母马生了。地下洇湿了一大片，旁边躺着白色的小马驹。

守候了多时的人们围拢上前，全然扑倒在地。

坂森长笑而哭，仰天呼唤：“是匹白马——天马！它就是新生的天马！”

一簇簇火把从黑母马和小马驹的身上掠过，部民在用火炬向天马致礼。

黑母马吓得抖声惊叫；白马驹的大腿上，流下了一股湿漉漉的东西。

坂森紧爬几步，匍匐着、深深地亲吻那被浸湿的土地。

坂启站在旁侧，小声嘟囔：“白马驹的尿。”

坂斯浑身一抖，直起身，一把捂住了他的嘴。

三、别离故土

1

几个月过去了，白马驹长得愈发俊美，形态酷似白马。

人们对它们母子甚是殷勤。它们住的是可以和坂森相比的华美毡房，而且有专人给它们清理房间；它们吃的是精心挑拣过的草料、喝的是掺了羊奶的清水。人们把白马驹当作天马供养着。

就在白马驹于奢华中成长的时候,一场惊悚的灾难降临了。

茫茫草甸像是中了邪，大片大片的青草在竞相腐烂，并且层层浸染，肆意蔓延，致使牛马羊纷纷倒毙。空气中翻卷着恶臭的气味儿。

太阳也失去了住日的光辉，病恹恹的，苍白无力。整部草甸笼罩着死亡的惊悸。部民们惊恐不安。

部落长坂森急火攻心，病倒了，而且病势沉重；坂斯焦愁地扶持在他的身边。

坂森刚刚喝过一碗药，直挺挺地躺着，痴痴地望着屋顶，在惶然愁思：

本以为，沙尘暴是妖马引来的，可后来才知道，那不是妖马，而是天马！既然是天马临现，草甸为什么还得瘟疫？虽说天马在烈火中升腾，但却给我们留下了小天马，这是整个部落的福祉，可我们为什么会遭此灾难？难道是因为坂斯的套马索被咬断……

但那可是天马咬断的！

然而，它毕竟断了，无论是谁咬的……

我们的始祖就是凭着套马索，套住了第一匹野马、套住了第一只野羊、套住了第一头野牦牛，开始了繁衍生息，并世代相袭，沿袭至今。我们的部落发祥于套马索，它是部落的图腾！

唉，我只知道，火是部落的图腾，现在想来，套马索也是，而且更是！但它却被天马咬断了！天马是神的使者，莫非预示着神切断了部落的幸运，从此，部落的命运要被改变？

坂斯是我的儿子，也就是未来的部落长，这岂不预兆着部落今后的命运，断在了他那被咬断了的套马索上……

天呐，真是一语成谶！

坂森只觉得心中一阵寒颤，不禁侧目凝视着坐在一旁、垂头不语的坂斯。决不能说出自己的揣度！否则，必将令他形成判断！他的性情那般勇烈，如若产生出沉重的罪责感，定然会将他压垮——兴许，他都会以自尽来谢罪！自己已经老了，部落未来的命运还得由他来扛起……

"坂斯！"想至此，坂森硬撑着坐起。

"怎么了？"坂斯惊然抬头，赶忙站起。

"哦……没、没什么，我只是想喝口羊奶……"坂森有些语无伦次。

坂斯连忙端过羊奶；坂森紧喝几口，想赶紧冲淡心中的惊慌。

"爸，我刚才一直在想，也许之前你说得对！我的套马索被咬断，是不祥的征兆！预示着部落会滑向灾难！这不——闹起了瘟疫！"坂斯说着，咬住了嘴唇。

坂森正喝着羊奶，喉咙猛一抽缩，呛了一下；他剧烈地咳嗽着，直挣得周身震颤，碗中的羊奶撒溢在他的前襟。

坂斯急忙接过碗，给坂森拍抚着后背。

坂森喘息了好一阵，总算平复了下来。“我那是气话！你又不是故意的！谁知道套马索会被咬断！我们现在要想的是，该怎么办！”

“我也想了，可毫无办法！”坂斯愁苦不堪。“这么大的草甸，都被瘟疫染了，已经找不到干净的青草！眼看着，牲畜病的病、死的死，但还得继续吃腐草！我们已经撑不了多久了……”

“那就迁徙！”坂森脱口而出。

“迁徙？”坂斯忽觉眼前一亮，但随即又暗淡了，他沉重地摇了摇头。“往哪儿迁呀！草甸外面是大漠瀚海，到处都是黄沙，哪有放牧之处？”

“那就走出大漠！”为了牵制坂斯的心思，淡化他的负罪感，坂森硬撑着说。

“谁知道大漠有多大！能走出去吗？即便走，向哪个方向走？就算走出去了，谁晓得，大漠外面是什么？说不定还是沙漠！”坂斯颓然道，“都怪我！断了套马索！罪孽……”

坂斯那近乎绝望的话语，如粗重的马蹄蹬踏着坂森震颤的心——他既为部落的命运担忧，又为坂斯那显见的罪责感惊心；性急之下，他陡然感到心中一阵腥热，不禁张口喷吐。

一口浓血喷洒在毡毯上，继而，他眼前一黑，晕厥了过去。

“爸——！”坂斯惊呼。

“爷爷——！”闻声而来的坂启惊叫着，扑到了床前。

2

牧人们围在毡房外，黑压压的一大片，他们都在焦灼地等待着头人的消息。草甸已经腐烂，他们该怎么办？然而，他们都知道头人病重，便只得愁苦而惊慌地守在门外。

坂启恸哭的声音，惊扰着牧人们的心，那悲楚的哭泣很有感染力，不一会儿，毡房周围就弥漫起了嘤嘤的哭声。虽然他们都在竭力地压抑，但浸裹在一起的啜泣声，已然涌入了毡房。

他们很想进去看看头人，但坂斯早已传出话来：“头人吩咐，谁也不得近前。”无人敢于违拗，他们都只能围拢在毡房外，希望能够探听到一些消息。坂森之所以闭门谢客，是不想让牧人们看见自己的病容，以免加剧他们的焦躁与惊慌。

坂森在坂斯和坂启不停地推抚他的前胸下，缓醒了过来。他鼓起气力，对坂斯说：“去，告诉大家，部落准备迁徙！”

“可……”坂斯将疑惑吞咽了下去，免得坂森继续伤神。

“唉——”坂森长叹一声。“去告诉他们，先把他们稳住！至于往哪里迁，随后再说！”

坂斯点点头，无奈地站起身。他刚一出门，哭泣声戛然而止，霎时一片沉寂。人们都抬眼注视着他。

“头人醒来了，刚喝过一碗药，没有大碍！”坂斯故作镇定地高声说。

众人略略舒了口气，但探询的目光依然灼热。

坂斯只得硬着头皮说：“部落准备迁徙！”

此言一出，不亚于一声惊雷，所有的人都为之一怔；紧接着，一阵骚动；进而，人声鼎沸。

“迁徙？往哪儿迁！”

“是啊，可必须得走。”

“怎么能离开自己的故土？”

“那有什么办法！”

“这么大的部落迁徙，谈何容易！”

“那也得走，否则就得死！”

“死就死，死也不离开！我们的祖先都死在这里！”

“那你哭什么？还不是怕死！”

“你才怕死，怂包！”

“敢骂老子！我宰了你！”

人群顿时分成了两派，纷纷刀剑出鞘，相互怒视。

“死就死！死也死个痛快！”人们疯狂地嚎叫着，继而，一场混战爆发了！

嘶喊，扭打，刀来剑往，杀声震荡！他们已不再是往昔朝夕相处的部民，转眼间，就成了深仇大恨的死敌！不一会儿，已有十几人倒下，一片片鲜血，燃烧着腾腾杀气。人们对死的恐惧、生的希望，随着热血喷撒出来。

“住手！住手——！”坂斯惊怖地嘶吼。

没有人理睬他，人们只是在忘怀地厮杀，仿佛是在杀出一条生路，眼看着，又有十几人倒下。

“住手！住手！！”坂斯的眼睛骤然通红，爆闪着浓郁的悲愤。“都怪我的套马索被咬断了，引发了这一切！”

他“唰”地拔出腰刀，闪烁着刺目的寒光。“住手——！我向你们谢罪！”

坂斯狂吼着，反握刀把儿，高高地举起腰刀，狠狠地捅向了自己的肚子。

厮杀骤然停止！人们都垂下了手中的钢刀，目光转向了坂斯。坂斯仰面躺在了暗红色的血泊中。人们眼里的血丝被泪水浸着，暗淡了；一把把钢刀无力地失落在地上。

“爸爸——！”坂启惊呼一声，冲出毡房，扑倒在坂斯的身上。

混战一经爆发，坂启就扒着门缝儿向外窥视；他只觉得心惊胆战，根本不敢出去。直到窥见爸爸轰然倒下，这才不顾一切地扑了出来。

“坂斯！”哭喊声倏然旋起，人们疯了似的扑向他，摇着他、晃着他，但他紧紧地闭着眼睛，再也没有睁开。

“我们这是干什么！”

“我们都怎么了……”

人们纷纷跪倒，仰望着灰蒙蒙的天穹。“苍天啊，救救我们吧！”

坂森终于走出了毡房。

其实，他一听见厮杀声，就几经用力，想挺身而出，可是，缘由用力过猛，他反而再度昏厥；一直背对着他、紧紧向外窥探的坂启竟毫无察觉。直到坂启惊叫着、推门扑出，他才被惊醒过来。

他听见坂启在哭叫爸爸，听见众人在哭喊坂斯，他心头猛然一沉——他知道，坂斯自尽了！瞬息间，他心底骤然涌起一股强力，拽着他挣扎而起、撑着他走出了毡房。

他一眼就看见了众人跪伏在坂斯的周围，便慌忙睁大了眼睛、张大了嘴巴，猛烈地吸嗍着光线、冷风，免得自己在昏沉中摇晃。他隐忍着汹涌的悲痛，坚韧地矗立着。

坂斯已经死了……坂森极力抑制着抖瑟。就用他的死，凝聚部民的心绪，让他们重新振作起来！

坂森稍稍分开双腿，全力支撑着自己沉重的躯体。“坂斯的套马索曾被咬断——那是不祥的征兆，就像毒咒，咒来了灾难！他已经谢罪了，用自己的生命去承担！我们的部落可以避离灾难了！”

坂森那深邃的眼眸扫视着众人。人们眼中的惊慌，释然般地舒缓了。

“真是一位勇士……”一位壮汉捂着臂膀上的伤口，慨然道。

“我的爸爸是勇士……”坂启压低声音啜泣着，轻抚着坂斯灰白的面庞。

“你们都是勇士！”坂森晃了晃，又站稳了。他凝视着僵硬的坂斯、跪倒的部民，奋力压抑着呜咽。“都回去整装吧，部落要迁徙！”

“迁徙就迁徙！”又一位大汉奋激道，“坂斯为了承担灾难，连死都不怕，我们还怕迁徙！”

“爷爷，往哪儿迁？”坂启发出了与爸爸方才同样的疑问。

“……”坂森语塞。

忽然，从不远处的一座华丽的毡房中传出了阵阵马嘶，坂森陡然眼前闪亮。“请天马带路！都说‘老马识途’，何况天马！”

“天马！天马！”人们亢奋地呼唤，顿时看到了生的希望。

要是早点儿听到它的叫声、早点儿想起来，也许坂斯……坂森的心头翻卷着，只觉得一阵阵绞痛。唉——！这就是命运……

3

“天马，救救我们吧！天马！”牧人们一排排地跪在毡房外，虔诚地祈祷着。他们那肃穆的声音、崇敬的神情，烘托着他们所有的希望。一束束枯涩的眼神投向白马驹，盼望它能够生起神奇的光彩，引领着他们走出绝境。

坂森在毡房内匍匐于白马驹的身下，沉沉地诉说着什么；随后，他吻了吻白马驹的蹄儿，站起身，走出了毡房。

他严峻地扫视着部民，那炯炯的目光凝结出坚强的力量，鼓舞着每个人。说来真怪，他本来病卧在床、起居困难，可遭逢了坂斯的自尽、面临着部落的迁徙，他居然神奇地康复了，而且显得更加矍铄；只是，他的两鬓苍白了许多，背也驼了。

“我已经向天马禀告了我们的诉求，它将会带领着部落迁徙！”坂森庄严地说。

“天马——！”人们祈求般地山呼，跪直身子，注视着毡房内白马驹的举动。

白马驹倚着黑母马，好奇地望着门外那些不时起伏的人们，随即，它拱到黑母马的肚皮下，吃起了奶。

“什么天马！吃奶的小马驹！”坂启嘟囔了一声，站起身、猫着腰，从人群中溜了出去，钻进了爷爷的毡房，坐在了爸爸的身边。

坂斯还没有入殓，被一袭白绫覆盖着，静静地躺在几盏惨白的酥油灯下，枕边放着他的腰刀。

他再也起不来了，再也不能带着坂启去骑马，再也不能去打狼了。坂启趴在爸爸的身旁，“呜呜”地哭了。他很佩服爸爸，爸爸是勇士、是英雄。那匹大白马也是英雄，可小马驹算什么？迁徙的方向怎么能让它来决定？

整个部落迁徙的方向，真的由白马驹决定了。

部民们一直跪着，虔诚、专注地凝视着吃奶的白马驹。白马驹吃了好一阵，才从黑母马的肚下钻了出来。不知它看到了什么，撒着欢儿、绕过人群，向着西南方向跑去。

坂森霍然站起，高呼道：“天马护佑！向西南迁徙！”

“呜——”牛角号吹响了，雄浑、苍劲。

暮色苍茫，牧人们就要离开部落的发祥之地了。尽管人们对生充满着无限的希望、虽然人们知道部落迁徙是要逃离绝境，但是，人们对这世代生息之地仍是眷恋难舍。

是啊，这片草甸、这汪湖水，滋养着一代代的族人，承载着部落度过了多少风霜岁月。古老的部落，在这里发祥、在这里繁衍，而今，却不得不别离而去……

走吧，带着部落古老的故事，载着部落未来的命运，跟着神奇的天马，走吧。再见了，白云苍狗般的故土，不知你喧腾过多少年，而今，又要沉入不知多少年的死寂……

部民在草甸的中心地带，点燃了几十堆篝火，一字排开，将坂斯和在混战中死掉的汉子们火葬了。一堆堆熊熊的烈火连成了一汪火海，使得整个草甸肃穆于葬礼之中。每一户人家又给自己燃起的篝火添了一捧柴草，完成了在故土上的最后一次火祭。

坂森抓起一把沙土，放在自己的胸口捂了捂；进而，抛撒在坂启点燃的篝火中。“安息吧，儿子！我以部落长的名义宣告，你，是勇士！”

“出发——！”坂森拉起坂启，迈出了迁徙的步伐。

坂启频频回头，用目光浇注着火光……

浩浩荡荡的队伍,终于跟着白马驹走了,去寻找新的家园。

白马驹撒着欢儿、一路小跑；黑母马紧跟在它的身后。一户户牧人驾着装载着家当的马车、赶着牛马羊群，尾随着白马驹蜿蜒而去，奔走在茫茫的夜色中。

坂启跟着坂森，一边行进，一边悄声问：“爷爷，小马驹怎么知道该去哪里？”

“它是天马——神灵的使者！当然知道！”坂森十分笃定地回答。

说着，他不禁抬头仰望，迷蒙的天宇中没有月亮，只有一颗星星。

“那一定是天马星！它在照耀着我们！”坂森坚定地暗想。

四、生死之隔

1

一经走出草甸，便进入了浩瀚的大漠。队尾那牧人的脚印、车轮的印痕、牲畜的蹄印，很快就被风沙淹没了；进而，再显印出来，再被淹没。一双双被血丝炙烤得干枯的眼睛，直直地盯视着前方；一张张干裂的嘴唇翕动着，呢喃着新生的渴望。

部落艰难地行进着，已然走了一个月，然而，四周依然是一望无际的黄沙。偶尔遇到几处行将干涸的水流或是削薄的沙泉，等白马驹母子足足地饮过之后，人与马疯狂地夺抢，真似一群饥饿的狼。

人们都变了样，那异常大的眼睛、突出的颧骨，仿佛一群厉鬼恶煞。白马驹也失去了往日的神采，鬃毛失去了光泽，并在缕缕脱落。

尽管如此，人们都坚定地相信，天马一定能将他们带出茫茫的沙海。出发时，所带的干粮、草料、马奶、羊奶快要用完了，整个部落就要陷入粮尽草绝的境地。人们渴望着奇迹的出现。也许，明天就能看到新的草甸、甚至是绿洲。明天，美好的明天，鼓舞着部民艰辛地跋涉。

“水、水！”人们突然发现，前方有一股细小的水流。众人顿时甩掉了疲惫，亢奋了起来。人们蜂拥而上，去抢夺这大漠的血液。

人在狂喊，马在嘶鸣，一个个干涩的喉咙滚动着，破碎的声音此起彼伏。人们踉踉跄跄，极力地奔跑着。跌倒了，慌忙爬起，哪怕匆忙间没拿水囊，也顾不得回转，只是一味地前冲。

终于奔到了水前，人们却喘息着，站在那儿，谁也不去喝，他们都回头等待着白马驹。白马驹悠悠地走来，闻了闻，跳开了。

人们轰然趴下，纷纷把头埋进水里。啊，多甜呀，比马奶还甜！刚喝两口，还没来得及掏出水囊，就被人粗暴地拉开了。咒骂、抢夺、嘶鸣、扭打……很快，又一股孱弱的水流枯竭了。

坂森将最后一些马奶，喂了白马驹。它“嗞嗞”地吮吸着，满脸的惬意。

坂森的喉结在不住地滚涌。“这是最后一点儿了。从明天起，就得委屈你了！宽恕我们吧，等到了绿地，再好好地供养你！”

直到白马驹将皮囊舔干，坂森才发现，远处的人们已乱成了一团。“不许抢！不许抢！”他喝吼着，悠晃着马鞭，趔趔趄趄地赶上前。

半空中，接连爆响起霹雳般的鞭声，才总算制止住了哄抢。坂森抹着脸上的汗水，无力地叹息。“唉！就要到了……出发——！”

没有人再踊跃地回应，人们都沉默了。部落在沉默中，蹒跚着、挣扎着行进，向着没有目标的目标行进。

白马驹累了，不走了，卧倒在岔路口前。人们都愣住了。前面出现了两条路，该何去何从？队伍不得不停下来，人们张望着白马驹，等待着它的引领。

坂森甚是焦灼，祈盼着天马尽快做出抉择；但人们却希望天马能够多想一阵，他们也好趁隙休整一番。白马驹的确累了，不一会儿，便酣然睡去。人们都已疲顿不堪，横七竖八地躺下了，就连坂森也难以抑制地打起了盹儿。

坂启却一点儿不困，他的脑海中展演出一幅场景，引得自己偷乐。大伙儿全都睡着了，他探头看看周围，掏出短鞭，悄然走到前面，用鞭杆儿将白马驹的屁股狠戳了一下。“让你转（zhuǎi）！”

白马驹顿然惊起，“咴儿咴儿”地叫着，慌不择路，奔蹿而去。坂启赶忙卧倒，假装酣睡。

“快，都快起来！天马走了！”坂森已被惊醒，一边惊喜地大叫，一边挥舞着手臂。

人们都醒来了，纷纷慌忙爬起，驾车赶群，匆匆追随而去。

坂启还在偷笑，回头看看后边，一片片弥天的烟雾。

2

坂森率领着部落，跟随着白马驹仍旧跋涉在大漠中。

他们又行进了一个月，可是，还没有走到瀚海的边际，宛若一条破旧的船，一直在海浪中起伏。牲畜杀得差不多了，但人们依然饥饿；尤其是，已然三天没有喝到水了，人们的嘴唇开始起泡，继而，便溃烂了。

白马驹正歪歪斜斜地走着，突然跌倒了。

"天马！天马！"众人惊愕地围拢上前，一声声的呼唤中，惊闪着焦灼。

坂森跪在白马驹的身旁看了半天，稍稍松了口气。"它昏倒了，是渴的！"

人们都无奈地站起身，四处眺望着。然而，到处都是黄褐色，哪有莹润的水光！

坂森眉头紧锁，焦愁地来回徘徊。一定得让天马赶紧站起来，否则，整个部落很快就会垮下！怎么办？！

蓦然，他目光一抖，跳闪出一束凶光；他"唰"地从腰际间拔出短刀，看了看刀背上的血槽。"牧民们，天马是神灵的使者！只有它，才能带着我们走出绝境、找到绿地！为了天马、为了部落，一定要让它站起来！谁愿跟我来？"

坂森急切地扫视着众人。人们面面相觑，不知他要干什么，都呆呆地注视着他。

坂森走到马车前，取下一个空皮囊，放在了地上；进而，他一条腿跪下，将另一条腿对准了皮囊。

人们这才明白过来。几个骑手刚要上前阻拦，坂森一闭眼睛，已经扬起了短刀，扎进了自己的大腿。他剧烈地一抖，短刀跌落在地；一股鲜血喷涌而出，流进了皮囊。他咬紧牙关，两手使劲地挤着伤口。

“头人——！”人们惊呆了。

随即，人们将大汗淋漓的坂森架走，手忙脚乱地给他包扎着伤口。坂启被挤在人群外，一边吞咽着酸热的眼泪，一边怒视着昏厥的白马驹，那紧攥着皮鞭的右手在瑟瑟发抖。

紧接着，他的目光便被拽走了——他眼睁睁地看着，几位骑手像爷爷那样，先后挥起短刀，扎入大腿，挤出一股股鲜红的血流。

皮囊很快就被注满了，翻着瘆人的泡沫。

白马驹终于被唤醒，大口大口地喝着血，嘴边沾满了刺目的猩红。

“开拔！”坂森被搀扶着，迈出了痛楚的步伐。

一程又一程的颠簸，羸弱的队伍中渐渐浮起了孩子和女人的哭声。坂森回身寻望，正要呵斥，人们猛然呼喊了起来。

“那是什么？”

“绿洲！是绿洲——！”

白马驹、黑母马也陡然嘶鸣，奋然蹬踏起四蹄，向前奔踔。

坂森愕然转身，不禁愣住了。只见远方延展出一片辽阔的、莹莹的绿洲，正闪耀着炫目的、绿色的光晕！“天哪！”

整个队伍仿佛骤然绽放的旱莲，层层鼓胀了起来；进而，似乎收束不住那暴起的张力，又崩散了——霎时间，人们抛掉了桎梏般的疲惫，挥舞着胳膊，狂呼着向前扑去。

多少天了，终于到了！嘶哑的声音、湿润的涩眼、狂喜的面容，都在向大漠宣告：我们走出来了！绿洲，就在前方迎接我们——！

然而，人们虽然在极力地奔跑，可那绿洲总是与他们保持着不变的距离。他们在跑，绿洲在退，就像孩子在追逐徐徐远去的月亮。

坂森突然明白了过来，不禁大惊失色！他害怕，众人那业已虚弱的气力在追撵假相的奋发中，很快会被耗尽！

于是，他猛声惊呼：“不要跑，不要追了！快停下！那是海市蜃楼——！”随即，他一把从怀中扯出牛角号，奋力吹起。

前方的绿洲黯淡了，旋即消散了，远方仍然是一望无垠的瀚海，好似一汪浩瀚的狞笑。

人们一个个摇晃着跌倒了。

他们匍匐在黄沙上，双手紧抓着粗粝的沙子，头深深地埋在两臂之中；沙子仿佛细细的水流，从指缝间潺湲地渗出。泪水滴落进沙层，即刻就被洇干了；大漠的暮色，吮吸着枯焦、绝望的啜泣声。

坂森也躺倒了，他觉得自己真的老了。两行老泪顺着面颊扑簌簌地滚落，他长长地叹息了一声。他第一次感到，自己是如此的衰弱无力。“海市蜃楼……”他凄惨地苦笑了一下。

绿洲啊，你到底在哪里？我们走的方向对吗？坂森浑身一颤，连忙坐起。他望着前面白马驹侧卧着的、影影绰绰的身影，喃喃祷告，请求神灵宽恕他那亵渎般的一闪念。

这是天马领的路，一定对！前面，肯定有绿洲！坂森硬撑着站起身，在横七竖八躺卧着的人影间，一瘸一拐地巡视。

睡吧，都做个好梦。明天，还得走……坂森悄声呜咽。

3

白马驹紧挨着黑母马沉沉地睡着。傍晚时分，它也被海市蜃楼缭花了眼睛，死命向前奔逐，直跑得体力透支。

坂启坐在白马驹的身后，手里紧攥着鞭子，直直地瞪着它，小声呵斥道：“你喝着我爷爷和勇士们的血，却把部落带到了这里！我们看到的只是海市蜃楼！大家都不起来了，全怪你！”

坂启不由地站起，高高地举起皮鞭，将所有的气力悬凝在手腕上，狠狠向白马驹抽去。“什么天马！抽死你！”

“坂启！”坂森张望着，惊愕地大声喝止。

白马驹猛然尖叫一声，突然蹦起，像疯了似的，箭一般朝前疾冲！显然，它惊了！黑母马惊叫着，腾跃而起，紧紧追撵。

坂森跛着脚、一瘸一拐地扑过来，抡起拳头，将坂启重重地打倒了。坂启抖瑟着，惊恐地望着爷爷，不敢站起。

“我杀了你！”坂森厉声怒吼。

骤然间，前面不远处传来了白马驹惊悸的嘶鸣，紧接着，就变成绝望的嚎叫，直令坂森惊惧。

“天马！天马——！”坂森趔趄着，像着了疯魔一般，张开两臂、爹着双手，艰难地向前扑去。

人们都惊醒了，全都听出了是白马驹在声声嘶嚎。

“天马！天马！”众人也嘶喊着，披挂着惊恐、裹缠着绝望的预感，疯狂地奔踏。吼叫声、探问声、脚步声蜂拥而起；坂启也连忙爬起身，跟了上去。

白马驹陷入了一汪流沙！看来，部落已然走入了瀚海的深处。

在大漠的纵深地带、地基不稳之处，会出现如水流一样的沙层，一旦有重物倒压在上面，便如身陷沼泽一般，层层陷落；周围的沙流会一起朝着沉沦之处涌流，很快便会将塌陷的所在覆没，进而抹平；转瞬间，仿佛什么都没有发生过，继续等待着下一次的吸嘣。

白马驹死命地挣扎着，那凄厉的嘶喊，煞是揪心。它越陷越深，层层沙流已淹到了脖子，它极力地张大嘴巴，在拼命地喘息。少顷，它的呼叫声越来越弱，紧接着，它的嘴巴也被埋没了。

黑母马狂叫着，纵身踏入了流沙，就在紧挨着白马驹的地方陷落了下去。片刻后，白马驹和黑母马便被大漠中的沼泽吞噬了。

人们眼睁睁地看着，不敢靠前；随着坍陷之处的徐徐平复，人们不由得惶然后退……

坂森只觉眼前一黑，吐出了一口血，昏厥了过去。坂启惊呆了，浑然不知所措。

“天马——！”呼嚎声四起，撕破了浩渺的天穹。“天马——！”

天马死了，人们的希望破灭了，他们最后的心力也随之倏然枯竭。有人跪伏着痛哭；有人站起身，仰天长笑；有人像死了一般，僵躺在沙地上……这个古老的部落绝望了！

副号手狂笑着，他那抖落的泪水里，渗着血。他打着寒颤，掏出了崭新的牛角号。

通常，副号手是不能吹号的，只有在部落长倒下已无力吹号，他才能举起备用的号角。此时，部落长已经倒下了……

然而，他吹响的不是嘹亮的冲锋号，也不是凝重的集结号，而是哀绝的哭嚎。“呜呜”的号角声，如泣如诉，在这瀚海的深处、在大漠的沼泽边，跌宕起伏……

当副号手吹破了最后一个高音，竟奋力抡起臂膀，将牛角号抛向了流沙。牛角号翻滚着，跌落在抛物线的尽头……

坂森被四下里震荡着的声响唤醒了。他颤巍巍地爬起来，面对着无望的部民，竭力挤压出气力，喘息着高喊："就要到了！再往前走一走，就是绿洲……出发！出发……"

他是想让部民连夜启程，赶紧离开这片死地，免得深陷心绪的沼泽，再也挣脱不出。然而，已经没有人再理睬他，人们都已陷入了垂死般的癫狂。

坂森仰头望天，高举着双臂，双脚踩出了两个沙窝。"苍天啊，我们的部落真的要毁灭吗？救救我们吧！天马星啊，你在哪里？"

坂启怯怯地拉着坂森的衣角，轻轻摇晃着。"爷爷，爷爷！"

坂森垂视着坂启，目光蓦然一散，渗出了斑斑凄惨；随即，他的目光又是一紧、收束而起，爆闪出了狰狞。"爷爷？我是部落长！你和你爸爸一样，都是部落的克星！去死吧——给自己赎罪！"

"爷爷！"坂启惊怖万端，望着陡然变得陌生而又瘆人的坂森。

坂森一把抽出了腰刀，刀锋闪烁着冷冽的寒光。

他不得不如此——他只能拿着子孙的性命，唤起部民的心力。他清楚，只要让部民的绝望宣泄出来，他们还能振作而起、继续出发！瀚海虽大，毕竟在脚下，只要前进，就一定能够走出去！哪怕走得只剩下一人，只要步入了绿洲，就能像先祖那样驯服野马、野牛、野羊，从而繁衍生息，重新壮大！

“是坂启鞭挞天马，惊了它！”坂森愤然高喊，“处斩坂启！”

一切声音戛然而止。

人们聚拢上前，不觉间，都已抽刀在手。

“救命呀——！”坂启惊恐地嘶喊着，转身就跑。

“呜——！”坂森吹响了牛角号；紧接着，他大腿上的伤口崩裂了，他猛然感到了一股钻心的、痛楚的湿热……

“冲锋号！”副号手陡然一怔，继而，他那沉沦的心便激跳了起来。他立刻投射出尖利的目光，追扎着坂启的后背。

人们都举着刀，纷纷追赶着奔逃的坂启。

粗混的烈风，从坂启的耳边呼啸掠过，瘦弱的坂启拼命地撞击着风涛，在死命地奔跑。“爸爸——！快来救我——！”

他惊骇地哭喊着；身后的人们越追越近了。

“那只是白马驹！不是天马！”坂启的呼声，在追杀的呐喊声中，显得那么微弱。

一长列茫茫的巨大沙丘，阻断了路途。坂启弓着腰身，手脚并用，迸发出所有的气力，向上攀爬。黄沙埋住了脚背、手背，他艰难地拔出；随即又被埋住，他接着抽拔。

“爸爸，快挡住他们！他们要杀我！”突然，坂启双脚一软，骤然向下滑退，他慌忙将双手插进沙层，扯住了身体；继而，他颤栗着继续向上攀爬……

终于爬上了丘顶，坂启向下一望，蓦然驻足；紧接着，他旋回身，高展着双臂，冲着就要攀到他脚下的人们呼喊："快上来吧！都上来——！"

疯狂的人们纷纷爬上了丘顶，可他们却突然无视坂启，顿然愣住了。阵阵悦耳的、潺潺的流水声，像欢愉的牧歌，将他们全然魔住。

"水！水……真的吗？"

"啊！绿洲！"

"真是绿洲——！"

人们已来不及向下攀行，"呼呼"地扑倒，欢腾地滚下沙丘，滚向了那茵茵青草，投入了绿洲的怀抱。

他们尽情地展开四肢，贴服在草地上，疯狂地亲吻着。青草发出阵阵幽香和沁人心脾的清凉，抚慰着一颗颗焦裂的心房……

啊，绿洲，和沙漠仅仅相隔一列沙丘……

原来，生与死只有一丘之隔……

副号手忽然喊了一声："坂启呢？头人呢？"

人们霍然坐起，一齐向丘顶仰望。

启明星亮了，暗夜没落了。

高高的丘顶上，斜立着一位老人；一个瘦弱的孩子，偎依在他的身旁。

尾　声

“坂启，你怎么知道，沙丘的另一侧是绿洲？”

“哈哈！我哪里知道！我又不是天马！我是爬到上面才看到的！”

“明白了……”爷爷喃喃自语，“人，总是会沉迷的；沉迷得轻，需要用热血唤醒；沉迷得深，只能被童真唤醒……”

祭　坛

天际间蓦然滚涌出串串惊雷
震惊了祭坛下的部民
他们呆立着陷入了一汪死寂
祭坛中升腾起几缕青烟
缓缓地消散在了苍茫的暮色中

一

神圣、高大的祭坛，终于建好了！

四支粗壮、笔直的石柱耸立在四角，四根粗粝的长条石牢固地镶嵌在上面，形成了一个巨大的“井”字形。井框里，用松木垒成七层宝塔，塔内堆满了涂有动物油脂的松枝。井框正面连缀着粗实的牛皮绳，从下至上，铺排出了四十九级绳梯——供祭神少年攀爬。

在沉沉的夜色中，祭坛显得神秘而肃穆。明天，它将燃起熊熊的圣火，升腾起无比虔诚的光辉，把一位英勇而幸运的少年的躯体和灵魂送给部落的主宰；人们都敬畏地称他为“主神”。而祭神的少年，则作为整个部落的精英，成为主神的侍者。

一想到明天，凯砍立刻就感到了令自己颤栗的亢奋。他很想在无数双饱含热泪的眼睛的注视下，身披火红的神袍攀上祭坛，俯视跪在坛下的部民，然后，庄严地融入圣火！这是多少人梦寐以求、无比荣耀的事情。然而，能否成为主神的侍者，取决于明天能否夺得猎猎飞扬于祭坛上的大旗。

站在坛下，凯砍久久地凝望着影影绰绰的坛顶，想象着纵身跃下的那一瞬间。那瞬息之间，将充溢着无可言喻的辉煌！自己的爸爸是部落长，他会因为拥有能够成为主神侍者的儿子而骄傲！并且，令草原干涸的旱灾也必将消解！

部落中规定，只有十六岁的少年才有资格去夺旗。人的一生中只有一次十六岁，而十六岁中也只有这么一天！部落里所有的少年都在巴望着这一天！凯砍的心头沉甸甸的。他知道，自己一直被视为部落的骄子，如果明天一旦失利，他今后的生命将会永远失去光彩。

他清楚，明天自己最强的对手是侍卫长的儿子呼斯漫。呼斯漫的马术与箭法，几乎与自己不相上下，尤其是他一直存心要与自己较量！一定得击败他！无论付出怎样的代价！

蓦然，一束黑影悄无声息地洇到凯砍的身后，凯砍毫无察觉。那黑影默默地注视了凯砍片刻，慢慢地从怀里掏出了短刀，继而，用刀柄击中了他的头。凯砍立刻被沉闷钳住，倏然栽倒。

黑影一探手，拭了拭凯砍的鼻息，轻轻地叹息。“别怪我，我只能如此！”随即，他奋力将凯砍背起……

二

呼斯漫没有想到，自己竟会这样顺利。他已经击败了一个个对手，但凯砍却没有露面；惊喜之余，他感到幸运。

他即将拔下祭坛上那飞舞的大旗，去迎接一生中最光辉灿烂的一刻；他就要成为整个部落的少年英灵！

当人们泪眼迷蒙、海潮般地欢呼之后，祭坛下寂静得令人窒息。呼斯漫披上了鲜红的神袍，庄重地走向祭坛。人们齐整整地跪下，虔诚地喃喃祷告。呼斯漫攀着绳梯，一步步向上攀爬。

部落长满脸敬仰之色，眼神中，透发着对主神侍者的无比崇敬。

终于，呼斯漫高高地伫立在了祭坛之上。他扫视着向下俯瞰，寻望着爸爸的身影。很快，他便发现部落长身后的爸爸，低垂着头；而他周围的人们，无不双膝跪地、直挺着身子，在虔诚地仰望。

爸爸怎么了？呼斯漫感到疑惑。

部落长吹起了牛角号，雄浑的号角声响彻天地。

圣火点燃了。呼斯漫最后看了一眼爸爸，一转身走向大旗。正当他抓住旗杆、拔旗而起的时刻，骤然炸响起一个洪亮而急促的声音：

“住手！旗手应该是我——！”

这声呐喊，顿时震撼了祭坛。呼斯漫和坛下所有的部民，全都惊讶地循声望去——

一位少年骑着骏马疾驰而来——部落长的儿子凯砍！

人们纷纷站起，爆发出雷动的欢呼。

凯砍翻身下马，奔到祭坛下，望着身披红袍的呼斯漫断喝：“昨晚有人暗算了我，来迟了！你别窃喜，现在我来了！”

呼斯漫冷冷地垂视着他，脱下了红袍，然后攀着绳梯下了祭坛。“顶多是等会儿再披上！来吧，我们角斗！”

人们又是一阵欢呼。部落长脸上那神圣的神情僵住了，嘴角下意识地抽了抽。侍卫长死灰般的面庞舒展了许多。

三

角斗开始了。

凯砍、呼斯漫都不敢掉以轻心，各自手中的刀护着自己的前胸，彼此紧紧地逼视着对方。他俩在静静地对峙。

祭坛上的火焰辉映出太阳般火红的光辉，大旗在祭坛上迎风飞卷。凯砍再也忍耐不住，他急于披上神袍，去迎受部民的顶礼膜拜；他急于手握大旗，去追随部落的主神；于是，他举起钢刀在空中划出一道弧光，伴着一声低吼，扑向了呼斯漫；刀锋掠起一股寒气，电光石火般地刺击而出。呼斯漫轻巧地一闪，随即挥动起大刀，劈向凯砍。

二人开始了激烈的交锋。

他们的刀法和身法难以分出上下，打了好一阵依然是平手。人们紧张地观望着。部落长和他的侍卫长都紧紧地握住自己的刀柄，浑然不觉间，都已大汗淋漓，两人紧张地等待着神灵的抉择。

几十个回合不分胜负，凯砍与呼斯漫都明白，再这样打下去也无济于事。于是，两人相互示意，同时退后几步，各自收身。

“拼刀法，难以分出胜负，而且时间也不允许！天黑前，我们俩必须得有一个去陪伴主神！”凯砍凛然道。

“再比什么？”呼斯漫毫不示弱。

“钻火圈儿！”

二人都不再说什么，分别奔向了各自的骏马。

不一会儿，牧草扎成的两列火圈儿点燃了，并排长长地延展着。火焰在风中跳跃,灼人的热浪弥漫着,令人无法靠近。

部民都知道，要想钻过那一个个烈焰蒸腾的火圈儿，不仅要有过人的马术，更要有非同寻常的忍耐力。

凯砍、呼斯漫各自骑在马上，勒紧马缰，积蓄着奔腾的爆发力。随着部落长的一声号角，两匹骏马同时发出“咴儿咴儿”的嘶鸣，仿佛离弦之箭，冲向了火圈儿。霎时间，人马消失在了腾腾的烈火之中。

烈火在“哔啵”作响，人们在疯狂地呼喊；烈焰推动着风波，风波搅动着烈焰；很快，骏马的嘶鸣声消失了，剩下的只是两列愈燃愈旺的火浪。

部民伫立在风中，骤然安静了下来，一双双眼睛焦灼地凝望着，希望能从火圈儿中赶紧钻出一个少年，成为祭坛上的旗手。

陡然，人们爆发出惊喜的喝喊，火圈儿里先后钻出了两个少年。人们已无法分清谁是凯砍、谁是呼斯漫。焦枯的衣衫、焦枯的头发和那两张满是伤痕的、黢黑的脸，难以想象，他俩忍受了怎样的熬煎。

谁也没有想到，两个人竟然都能钻出来！可旗手只能有一个，怎么办？突然有人高呼："快跑！谁先登上祭坛，谁就是旗手！"

两人几乎同时奔跑了起来。尽管他们脚步蹒跚、踉踉跄跄，但是，他们都在眺望着祭旗、奋力地错动着脚步！

终于奔到了祭坛下，其中的一个重重地跌倒了，站着的欢呼一声，艰难地攀上了祭坛。

他高高地矗立着，激动得已然忘记了披上红袍，只是忘情地仰起头、舒展开双臂，仿佛要拥抱整个天宇；随即，他发出了一声震撼草原的呐喊："我——才是旗手！"

从这呐喊的音声中，部民辨认了出来。"噢——！凯砍——！"人们以满腔的崇拜和热情，疯狂地呼喊着。部落长一阵眩晕，差点儿跌倒，侍卫长赶紧扶住他，进而，面庞上泛起了肃穆的光晕。

凯砍缓慢地走向祭旗，牢牢地抓住了旗杆。部落长的眼眸中涌起了泪水，在一片绯红的光环中，他仿佛看见儿子的心在燃烧。他颤抖着呼喊：“凯砍——！”

四

凯砍拔起了祭旗，奋然挥舞着，天空中飞扬起一片片火烧云。侍卫长豪迈地呼唤：“英雄——！凯砍——！部落的旗手——！”

部民异口同声地响应，将满腔的热血化成生命中的最强音震荡出来：“英雄——！凯砍——！部落的旗手——！”

呼斯漫在地下爬着，昂头仰望着，一只臂膀颤抖着、高举着。

“我是旗手！我是旗手！”他强撑着站起身，登上了绳梯。可刚爬到一半，他又滑落了下来。他依然仰头巴望着，紧咬牙关，再一次向上攀爬。

凯砍高举着祭旗，站在熊熊的火焰旁，骄傲地垂望着爸爸。他在等待着爸爸吹响牛角号，然后，便立时去响应主神的召唤。

坛下的部民全然癫狂了，在烈焰的喧腾下，在凯砍那无畏、神圣气韵的感染下，他们都在狠命地捶打着自己的胸膛，呼唤着凯砍的名字。“凯砍！凯砍！”“凯砍！凯砍！”

…… ……

部落长迟迟没有吹响号角，木呆呆地仰望着儿子。他知道，一旦吹响呜咽的追魂号，他的儿子立刻就会溶化在狞厉的烈焰中。

呼斯漫还在向上攀爬，那么顽强、那么执着；他在心中一千次、一万次地祈祷：“不要吹响，千万不要吹响！”

再有两道绳阶，他就要登上祭坛了。只要号角没有吹响，他仍然能够与凯砍争夺祭旗！

侍卫长陡然疾呼：“主神在召唤，快吹号呀！”所有的部民猛然安静了下来，再一次齐刷刷地跪在干枯的草地上，等待着神圣、庄严的声音，期盼着自己部落中的少年精英去追随至高无上的主神。

然而，号角一直没有吹响。

夕阳已然暗淡，如果太阳落下，火祭就不能进行了，那么，整个部落将继续遭受主神的惩罚！部民开始骚动了，都在盯视着部落长；旋即，所有的目光都聚焦在了他手中那乌亮亮的号角上。

五

倏然间，部落长变老了。风缭乱了他的头发，他那失神的眼睛变得干涩涩的；他的背也驼了，像是背着一盘沉重的石岩。他深深地喘息着，似乎在极力吞咽着什么。

终于，他沉重地举起了号角，无力地吹响了。那号声苍凉、悲怆，犹如牦牛的哀咆、野狼的悲嗥。

生命中最耀眼的光华就要迸出了！部民高昂着头，那圣洁的主神侍者闪烁在亮晶晶的、亢奋的泪光中……

凯砍的眼中辉闪着灵光，他似乎看到了主神在红艳艳的、绸缎般的火焰中向他微笑；于是，他举着祭旗，一步步向前靠近。

部落长陡然扔掉了号角，双臂直直地伸向祭坛，好像要立刻抱回自己的儿子。他撕心裂胆地狂呼："凯砍，别跳——！"

祭坛下的部民全被惊呆了！一个个瞠目结舌，如木雕泥塑一般。四周围的空气顿然凝结了，只有烈火还在执着地呼呼燃烧。

侍卫长俯身拾起了号角，一边愤恨地指着部落长，一边环视着部民。"他背叛了主神！"

这时，人们才缓醒了过来，纷纷拔出腰刀，怒视着部落长。

从这一双双怒火中烧的眼中，部落长蓦然感到，自己陷入了疯狂的包围。他又看了看面目冰冷而又神采飞扬的侍卫长，心中涌起一阵寒颤。他万万没有想到，对他一直忠心耿耿的侍卫长，竟然在这个时刻，夺走了他的号角，从而取代了他自己！

凯砍简直不敢相信自己的耳朵，他难以置信，那呼喊声居然是爸爸发出的！然而，爸爸已被包围，他的确成了主神的叛逆！泪水夺眶而出，凯砍怒吼道："耻辱！"随即，他吐出了一口带血的唾沫，一挺身就要纵身跳入火塔。

就在这转瞬间，刚刚攀上祭坛的呼斯漫扑向了凯砍，一把夺过祭旗,用旗杆坚强地支撑着自己。"你,不配再作旗手！"

坛下回响起坚定的呼应——

"对——！他不配！"

"他不配！滚下去！"

侍卫长周身一抖，神色突变，握着号角的手不由得颤抖了起来。

"不，我佩！我是决胜出来的旗手！"凯砍悲愤地喝喊。

"你是叛逆的儿子！"呼斯漫冷冷地说。

凯砍忽觉心口一阵腥热，似乎热血就要喷吐而出，一种莫大的耻辱感狠狠地撞击了他，他几乎被击倒。他终于明白了，昨夜是谁暗算了他。

然而，他清楚自己是纯洁的，对主神有着火一般的赤诚，而且，自己还是经过火圈儿的洗礼、率先登上祭坛的，理所应当成为侍神者。

"还给我!"凯砍凶猛地扑向了呼斯漫，二人紧紧地撕扭在一起，激烈地争抢着。

祭坛下爆发出声声怒吼："呼斯漫，杀掉他！"

侍卫长几乎目眦迸裂,也情不自禁地大喊道:"呼斯漫……"

呼斯漫听到了爸爸的呼唤，精神一振。他明白，爸爸已经成了部落长，他要为爸爸争气，为他献上第一份荣耀!

凯砍已处于了下风，但还在拼死争夺。

部落长趔趄了几步，几乎栽倒；进而，他发出了苍老而凄凉的呼嚎："凯砍，下来吧！我们离开部落，去远方……"

听到这乞求的声音，凯砍的心顿然被撕裂了。他向爸爸投去了凶狠、憎恶的一瞥；继而，他松开了紧握旗杆的手，愤慨地纵身一跃，跳入了弥漫着松香味道、"呼呼"作响的火塔。

呼斯漫大惊，目光中爆燃起灼热的怒火。"我要在主神的脚下追杀你！"

说着，他拄着旗杆，躬身撩起红袍，继而，裹在了自己身上；然后，他双手高擎起祭旗，奋然一跃，纵身跳入了已然被烈火焚烧得坍塌了的宝塔中。

六

天际间，蓦然滚涌出一串串惊雷，震惊了祭坛下所有的部民。他们一个个呆立着，陷入了一汪死寂。祭坛中升腾起几缕青烟，缓缓地消散在了苍茫的暮色中。

不知是谁突然高喊了一句："侍神者走了！"

人们这才缓醒过来，纷纷跪倒在祭坛下。

"到底谁是旗手？"

"当然是呼斯漫！"

"那么凯砍……"

"不，他玷污了我们的祭坛，亵渎了我们的主神！"

"呼斯漫不会放过他的！"

"我的孩子——！"部落长猛然将双臂伸向天空，惨烈地哭嚎。

人们鄙夷地望着他。

侍卫长陡然惊醒，瞭了一眼众人，慌忙擦干了泪水。随即，他高高地举起号角，将所有的目光凝聚到了自己的身上。"子民们！抛弃那邪恶的叛逆，为我们英勇的旗手、圣洁的英灵欢呼吧！"

侍卫长那高亢的声调，再一次唤起了部民赤热的心绪，人们围拢着祭坛跳着、舞着，唱起了古老的赞歌：

侍神者已到　主神安静　部民祈祝　降福部落……

那一串串惊雷扑滚着已然远去；接着，便风云四起；少顷，大雨滂沱。雨水和着泪水渗入了人们干涸的心田。

部民簇拥着侍卫长，狂欢着消失在了大雨之中。祭火很快就熄灭了，几缕残烟在风雨中飘摇；旋即，便湮灭了……

没落了的部落长，孤零零地呆站在僵立着的祭坛下。

远处传来了孤狼的长嗥。他突然仰天长啸，似哭、似笑、似唱……那苍凉、哀绝的哭笑声，淹没在潇潇烟雨中……

他，可能真的疯了。